La mujer más deseada

REBECCA WINTERS

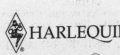
HARLEQUIN®

Editado por HARLEQUIN IBÉRICA, S.A.
Hermosilla, 21
28001 Madrid

I.S.B.N.: 84-671-0917-3
Depósito legal: B-31431-2003
Editor responsable: M. T. Villar
Diseño cubierta: María J. Velasco Juez
Fotomecánica: PREIMPRESIÓN 2000
C/. Matilde Hernández, 34. 28019 Madrid
Impresión y encuadernación: LITOGRAFÍA ROSÉS, S.A.
C/. Energía, 11. 08850 Gavá (Barcelona)
Fecha impresión Argentina:29.5.04
Distribuidor exclusivo para España: LOGISTA
Distribuidor para México: CODIPLYRSA
Distribuidores para Argentina: interior, BERTRAN, S.A.C. Vélez
Sársfield, 1950. Cap. Fed. / Buenos Aires y Gran Buenos Aires,
VACCARO SÁNCHEZ y Cía, S.A.
Distribuidor para Chile: DISTRIBUIDORA ALFA, S.A.

CAPÍTULO 1

NTES era guapo, y sigue siendo tremendamente atractivo, ¡pero es mejor no meterse con un hombre que alberga esos resentimientos! Comprobaré sus signos vitales antes de irme de la planta.

Riley Garrow permanecía recostado en la cama del hospital de San Esteban, contando los minutos que faltaban hasta que llegara Bart Adams.

Algunos amigos y colegas suyos, así como de su difunto padre, habían visitado a Riley a lo largo de aquellos dos meses; sin embargo, el fiel Bart, el mejor amigo y confidente de su padre, había sido el único contacto regular de Riley con el mundo exterior durante su convalecencia.

Pero no era la voz de Bart, sino la de la hermana Francesca, la que Riley oía en el pasillo. Sospechaba que la enfermera jefe había pretendido que él la oyese.

Ambos habían venido librando una incesante batalla de voluntades. Pese a su formación en Psiquiatría, la hermana Francesca no estaba preparada para la negativa de Riley a permitirle explorar su yo interior; el núcleo, por decirlo de algún modo, donde vivía realmente. La persona cuyo rostro mostraba al mundo era una mera fachada tras la que se ocultaba un alma herida necesitada de ayuda.

Riley disfrutaba provocando a la hermana Francesca cuando esta emprendía su cháchara psiquiátrica. Dado que no tenía otra cosa en que ocupar las largas y aburridas horas, se divertía poniendo a prueba su paciencia.

–Eh, eh, eh –solía decir, zarandeando el dedo índice ante los astutos ojos castaños de la monja–. Contrólese, hermana. Contrólese. Recuerde que es usted un modelo de conducta para las jóvenes postulantas que tiene a su cargo.

En ese momento las líneas amables del rostro de la monja se endurecían.

–Es usted imposible –musitaba la hermana antes de salir del cuarto, exasperada.

–Eso dicen algunas de las mujeres que han calentado mi cama –replicaba él en voz alta antes de prorrumpir en carcajadas.

Al cabo de ocho semanas y varias operaciones de cirugía plástica, destinadas a injertarle piel de la pierna en la zona de la mejilla y el ojo derecho, Riley conocía el horario y los turnos de todo el personal del hospital. Por desgracia, las únicas enfermeras que entraban y salían de su habitación eran monjas. Seguramente la hermana Francesca lo había dispuesto así. No podía haber tantas mujeres en Santa Mónica, California, ansiosas por hacer votos de castidad y obediencia.

Riley clavó los ojos en las vacías paredes de su celda.

–Sesenta días sin una mujer de verdad. ¡Con razón estoy deseando salir de aquí!

–Su protesta ha sido escuchada –la hermana Francesca entró en la habitación–. Parece que el cielo ha oído por fin sus plegarias, señor Garrow.

Él alzó la mirada y le sonrió.

–Creía que el cielo no escuchaba a los hombres imposibles como yo.

–En su caso habrá hecho una excepción por el bien

de todas las hermanas de San Esteban. Me dice el doctor Diazzo que le darán el alta mañana.

Los párpados de Riley se cerraron un momento.

–Pensé que lo alegraría la noticia.

Él abrió los ojos de nuevo.

–Como sé que tendría que hacer penitencia si mintiera, supondré que ha dicho la verdad. Se rumorea que es usted devota de Santo Tomás de Aquino. Se sentiría orgulloso de la dedicación con que sigue su ejemplo. Trabaja en un hospital, ayuda a los enfermos. Predica la pureza y la paz entre los infieles –bromeó Riley–. Yo, por mi parte, prefiero a Francisco de Asís.

–Cosa que no me sorprende. Sin duda habrá tomado parte, como hizo él, en un sinfín de pendencias callejeras a causa de una juventud disipada.

–¿Se sorprendería si le dijera que cumplí condena en una cárcel perusina?

Ella le tomó la tensión.

–En usted nada me sorprende. Por desgracia, las similitudes entre Francisco de Asís y usted se acaban ahí, señor Garrow. En el caso del santo, la encarcelación llevó a una conversión espiritual.

–¿Y cómo sabe que en mi caso no fue así? Ah, ah –Riley alzó un dedo–. No juzgue a un hombre por su aspecto.

–Precisamente ha sido su aspecto lo que le ha ocasionado tantos problemas.

Ella lo examinó con ojos que parecían preocupados.

–Voy a salir del hospital, hermana, no a morirme. Y tengo un regalo para usted.

Actuando como si no lo hubiese oído, la hermana depositó una jarra de agua con hielo en la mesita. Riley sabía, sin embargo, que la corroía la curiosidad.

–He hecho una donación a su convento en honor de

la hermana Francesca. Tal vez no haya logrado usted que le desnude mi alma, pero me ha convencido de que existen ángeles en la tierra. Gracias por evitar que me rindiera cuando estaba en mi momento más bajo. Solo por eso se ha ganado para siempre un lugar en el corazón de este pecador.

Ella ocultó su rostro, sin duda porque no deseaba que él viera las lágrimas que comenzaban a humedecer sus ojos; un signo de debilidad que no estaba dispuesta a exteriorizar.

Mientras salía de la habitación, dijo:

—Ha estado presente en mis oraciones desde que llegó aquí, señor Garrow. Y siempre lo estará.

—Una idea reconfortante. Tal vez haya esperanza para mí, después de todo. Cuídese, hermana.

—Que Dios lo bendiga —susurró ella antes de desaparecer de la habitación.

Apenas hubo salido la monja, entró Bart.

—Lamento llegar tarde, pero creo que me perdonarás cuando veas lo que te traigo. Encontré esto rebuscando entre las cosas viejas que tengo en la caravana. Se publicó en la época en que tu padre y tú trabajabais en Brasil —Bart le entregó a Riley un ejemplar de la revista *International Motorcycle World.*

El número, correspondiente al mes de octubre del año anterior, mostraba en portada a una rubia con una trenza que asomaba por debajo del casco de motorista. La rubia, montada en una moto, recorría el terreno embarrado de una granja y llevaba en la espalda un maletín de médico. La leyenda rezaba: *Hasta los veterinarios de la actualidad utilizan las Danelli-Strada 100 en su trabajo. Son motos diseñadas para durar para siempre.*

—Échale un vistazo mientras saco un par de refrescos de la máquina.

–Gracias, Bart.

La revista había sido impresa el mismo mes en que el padre de Riley había muerto haciendo lo que más le gustaba. Riley la abrió con una ansiedad inusitada y buscó el reportaje principal. Se sorprendió al descubrir que en la creación de la compañía Danelli-Strada habían participado dos hombres: Luca Danelli y Ernesto Strada. El reportaje narraba las fascinantes vidas de ambos, desde su infancia en Italia hasta la culminación de su sueño de crear un imperio de la motocicleta en Milán.

Riley y su padre siempre habían utilizado motos Danelli-Strada para hacer su número. De repente, para disgusto del mundo del motociclismo, la compañía dejó de fabricar motocicletas. El padre de Riley había insistido en que Danelli-Strada era la única marca fiable y jamás acertó a comprender por qué había desaparecido del mercado.

–Escucha esto –dijo Riley en cuanto Bart regresó a la habitación–: «Tras la muerte de Ernesto Strada, Luca Danelli se desanimó y se retiró del negocio» –soltó la revista–. Así que ese fue el motivo.

El hombre de más edad abrió uno de los refrescos de cola y se lo pasó.

–Sigue leyendo.

Tras beberse el contenido de la lata de un tirón, Riley continuó por donde lo había dejado.

–«*International Motorcycle World* ha podido saber que se están fabricando de nuevo motocicletas Danelli en la nueva sede de la compañía en Turín, Italia. Así lo ha anunciado Nicco Tescotti, presidente de la empresa, en una entrevista en exclusiva concedida a Colin Grimes, redactor de nuestra revista.

»El nuevo prototipo denominado Danelli NT-1 ya

está registrando mejores tiempos en carrera que cualquier otra motocicleta de competición. Luca Danelli está dando nuevas muestras de su genio y, según Tescotti, el regreso de la compañía será definitivo.

Riley notó que una oleada de excitación recorría su cuerpo. Tal vez las plegarias de la hermana Francesca no habían sido inútiles, después de todo. Alzó la cabeza y vio que Bart le sonreía.

–Pensé que tal vez te alegraría ese reportaje.

–¿Tal vez? –repitió Riley–. Esta debe de ser mi noche de suerte.

–¿Y eso?

–Acaban de decirme que saldré de aquí mañana.

–Es la mejor noticia que oigo desde que el cirujano plástico prometió que podía arreglarte la cara y dejarla como nueva.

No había quedado exactamente «como nueva», pero Riley podía vivir con aquellos cambios leves y no pensaba quejarse.

–Ahora sé a dónde ir cuando salga del hospital. Ha sido una inspiración por tu parte traerme la revista.

–Sabía desde hace años que deseabas forjarte tu propia carrera, pero no podías hacerlo mientras tu padre te necesitara. También sé que este último año has trabajado como especialista en Hollywood para ganar un dinero rápido y pagar las facturas que él dejó pendientes al morir. Ahora que has logrado tu objetivo, estoy deseando saber qué harás con tu vida. Supuse que la noticia de Danelli te daría alguna idea. Italia siempre ha sido como un hogar para ti.

Riley asintió.

–Fue mi hogar durante muchos años. Ahora tengo otro motivo para volver –había otra deuda que saldar... Riley miró a Bart durante algunos instantes–. Mi padre siempre dijo que eras el mejor amigo que se podía desear. Y tenía razón. Gracias por estar ahí para apoyarme, Bart.

Los ojos de su amigo se humedecieron.

—Nunca he tenido una familia. Vosotros llenabais ese vacío, ¿sabes? —dijo con un tono de voz extrañamente ronco.

—Siempre pensé que eras mi tío, hasta que Mitra me aclaró la verdad.

Ambos prorrumpieron en risas, y luego Riley se irguió en la cama para darle un fuerte abrazo.

—Estaremos en contacto, te lo prometo.

—Eso es cuanto necesitaba oír.

—¿No te gustó ninguno de los guiones que te mandé? —tronó D.L.

Annabelle Lassiter, Ann para sus familiares y amigos más próximos, sostuvo la incrédula mirada de su agente sin inmutarse.

—Lo siento, D.L., pero no quiero que me encasillen, y no creo que esos guiones valgan el papel en el que están impresos.

Las pobladas cejas pelirrojas de él se juntaron.

—Escúchame bien. Si quieres hacerte un nombre en esta ciudad debes dejar de ser tan exigente. Quizá seas una rubia de piernas largas con mucho talento y clase, pero una película de éxito con Cory Sieverts no te asegura trabajo para toda la vida. Tienes que pagar las facturas, cariño.

—Lo sé, pero me niego a intervenir en películas para jovenzuelos de dieciocho años obsesionados con el sexo —Ann miró los cuatro guiones que había colocado sobre la mesa del almuerzo.

–¡Eso es lo que vende en la actualidad!

–Es repugnante, D.L. Quiero algo sustancioso, como *Ana de los mil días*.

Él frunció los labios.

–Un chollo como ese solo surge una vez cada diez años. Y ni siquiera esos largometrajes históricos reportan siempre grandes beneficios a las productoras. Debes pensar que ya tienes veintiocho años; a esa edad una actriz ya empieza la cuesta abajo.

–Muchas gracias.

Ann sabía que era cierto, aunque, como cualquier mujer con sangre en las venas, prefiriese no oírlo.

–Soy tu agente. Me pagas para que te diga lo que más te conviene. En tu caso, debes mantener tu nombre y tu cara bonita a la vista del público de forma continuada, o caerá el telón para ti.

–Quizá debería irme a Inglaterra y probar suerte en el teatro –había sido idea de Colin Grime. La relación que mantenían resultaba difícil hallándose él en Londres y ella Los Ángeles.

D.L. se mostró escandalizado.

–Serías una estúpida si hicieras eso teniendo ya un pie dentro de la industria del cine. Antes de que eches por tierra lo que has conseguido hasta ahora, deja que te hable de otro proyecto. Aún está en fase de estudio, pero puedo conseguirte un papel.

–¿De qué se trata?

–Un par de guionistas amigos míos han pensado hacer una película de supervivientes. Serías perfecta para interpretar a una de las protagonistas de más edad. Solo tengo que decirles que estás interesada. Será el bombazo de la temporada. Luego podrás permitirte elegir los proyectos que deseas.

–Gracias, D.L., pero no. No es la clase de papel que

he soñado con interpretar desde que era una adolescente. Si quieres que te diga la verdad, me avergonzaría aparecer en esa basura.

D.L. la miró entornando los ojos.

–¿Qué ha sido de la mujer que participó como concursante en *Quién quiere casarse con un millonario*? ¿Y qué me dices de aquel programa con fines benéficos, *Quién quiere casarse con un príncipe*?, ese en el que tuvo que sustituirte tu hermana gemela. ¿Quieres que hablemos de basura? –rugió.

–Reconozco que hubo una época en la que estaba dispuesta a cualquier cosa con tal de atraer la atención de algún productor de Hollywood. Pero he cambiado desde entonces.

–Ya lo creo que has cambiado –D.L. se levantó y arrojó tres billetes de veinte dólares sobre la mesa. Estaba furioso–. Cuando vuelvas a necesitar dinero, no me llames.

–¿D.L.? –dijo Ann antes de que él se alejara con los guiones–. Te agradezco todo lo que has hecho para ayudarme en mi carrera. Por favor, no te enfades conmigo. ¡Solo pido un guion decente!

–Pues espera sentada –musitó D.L. antes de dirigirse hacia la salida por entre las mesas.

En cuanto su agente se hubo marchado, Ann salió del restaurante y se dirigió a su apartamento, situado a tan solo tres kilómetros de allí. Nada más llegar, se apresuró a la cocina para llamar a su hermana. Pero la luz parpadeante del contestador la decidió a escuchar los mensajes primero.

–«¿Ann?»

Era Colin.

–«¿Por qué no me devuelves las llamadas? ¿Qué sucede? Me da igual que sea en plena madrugada.

¡Llámame o, de lo contrario, tomaré un avión a Los Ángeles para averiguar lo que ocurre!».

Ann se sentía incapaz de hablar con él en aquel momento, de modo que oyó los dos mensajes siguientes y por último marcó el número de su hermana.

Había una diferencia horaria de nueve horas entre Los Ángeles, California, y Turín, Italia. En Turín serían más o menos las diez y cuarto de la noche. Ann dudaba que su hermana se hubiese acostado ya..., a menos que su hijita Anna se estuviera portando bien y Nicco deseara disfrutar de un rato de intimidad con su esposa. Siempre deseaba estar a solas con ella.

Ann nunca había visto una pareja tan enamorada.

–¿Ann? –exclamó su hermana entusiasmada después del cuarto tono–. ¡Precisamente Nicco y yo estábamos hablando de ti! Nos preguntábamos si te habrían contratado para intervenir en alguna nueva película.

Ann se mordió el labio.

–Todavía no... Callie, ¿te gustaría contar con una canguro durante un par de semanas? Así Nicco y tú podríais iros de viaje –tartamudeó–. Sé que os iría bien pasar algo de tiempo juntos. Prometo cuidar a la pequeña como si fuera mi propia hija.

Hubo una pausa tensa.

–No podemos ausentarnos durante tanto tiempo hasta que Anna sea un poco mayor. ¡Pero no tienes que hacer de canguro para visitarnos! –la hermana de Ann parecía dolida. Callie siempre había tenido un corazón de oro–. De hecho, puedes quedarte a vivir aquí indefinidamente. Nada me gustaría más. Eres la única familia que tengo –añadió con voz queda.

Ann no sabía qué decir. Se le saltaron las lágrimas.

–Gracias –susurró–. No pretendo irme a vivir contigo, pero en estos momentos no tengo ningún guión y...

–Y las cosas no van bien entre Colin y tú –leyó su hermana entre líneas. Al ser gemelas idénticas compartían una suerte de vínculo telepático–. Escúchame, Annabelle Lassiter. Vas a tomar el próximo avión para Turín. La pequeña Anna te echa muchísimo de menos. Todos te añoramos.

–Reservaré el billete en cuanto cuelgue el teléfono –Ann apretó el auricular–. ¿Seguro que a Nicco no le importará? Debe de estar muy agobiado con tantas responsabilidades ahora que Luca Danelli ha fallecido. Lo último que necesita es otra preocupación.

–No seas absurda. Nicco ha compaginado su trabajo con el de Luca desde el principio. La muerte de Luca ha sido muy triste, pero no nos ha pillado de sorpresa. Era un hombre muy mayor. Nicco te dijo en cierta ocasión que nuestra casa sería siempre tu casa, y mi marido jamás dice algo si no lo siente de corazón.

–Eso es porque está muy enamorado de ti y no hará nada que te disguste si puede evitarlo.

–Eso es cierto –respondió en el teléfono la voz masculina y sonora de Nicco, sorprendiendo a Ann–. Pero hay otra razón, y tú lo sabes. De no ser por ti, nunca habría conocido a Callie. Gracias a ti he hallado la felicidad. Te quiero, Ann. Los dos te queremos. Dinos el número y la hora del vuelo e iremos al aeropuerto a recogerte.

Las lágrimas se deslizaron por las mejillas de Ann.

–Yo también os quiero a los dos, Nicco. Hasta pronto.

Las imágenes y los olores de la feria despertaban en Riley recuerdos tan vívidos de su infancia, que le costó creer que no había retrocedido en el tiempo. Antes de salir de Los Ángeles, había efectuado una llamada tele-

fónica para averiguar el paradero exacto del circo ambulante de Rimini. Tras enterarse de que el circo actua-
ría en Roma durante la segunda quincena de septiembre, reservó un billete para esa ciudad.

Esa fue la parte fácil. Lo difícil fue dar con Mitra.

El circo en el que el padre de Riley había actuado
durante casi cincuenta años había cambiado de dueño.
Aunque algunos antiguos miembros seguían trabajando
en él, nadie parecía saber qué había sido de la gitana
que antaño había viajado con ellos diciendo la buenaventura.

Mitra había sido como una madre para Riley, a pesar de que éste no lo había reconocido en aquel entonces.

Después de preguntar un poco más, Riley supo de
un gitano que hacía un número con un oso. Se dirigió a
la caravana del viejo y le habló en el romaní que le había enseñado Mitra. Eso rompió el hielo.

Mitra había abandonado el circo un año antes para
irse a Perusa, en el norte de Italia, con su gente. El gitano ignoraba si aún vivía.

Tras agradecerle la información, Riley partió hacia
la encantadora ciudad con vistas al Tíber donde había
realizado sus primeros estudios. Había sido gracias a
Mitra, quien sabía que el padre de Riley había vuelto a
darse a la bebida cuando lo abandonó su tercera esposa.

Aunque Mitra no había estudiado, afirmaba que
Riley era un *gadja*, un forastero, y que los *gadjas* debían ir a la escuela.

Ahora Riley comprendía por qué Mitra había pro-
puesto aquella ciudad en particular. Muchos años antes
sus antepasados gitanos se habían desplazado a Perusa.
La gente que había cobijado y alimentado a Riley durante aquellos años pertenecía al clan familiar de Mitra.

Al principio, él se había negado a estudiar y se había metido en más de un lío. Al volver la vista atrás, sin embargo, comprendía que Mitra le había hecho un enorme favor. Había aprendido Historia y Matemáticas y, por supuesto, a hablar el italiano con fluidez.

Después de recorrer algunos rincones de Perusa que había frecuentado en otros tiempos, Riley encontró a un viejo conocido que lo reconoció y que le dio las señas de la vivienda de Mitra. Agradeciendo que aún viviese, Riley corrió hasta su puerta y llamó.

—¿Quién es? —preguntó en romaní una voz profunda.

Riley respondió en el mismo idioma.

—¡Tu pequeño *gadja*!

Mitra abrió la puerta al momento. Era una mujer de estatura mediana que contaba ya setenta y tantos años. Llevaba un familiar pañuelo violeta ceñido al cabello, que comenzaba a tornarse blanco, aunque sus ojos negros seguían tan despiertos como siempre. Lo estudiaron con aquella misma intensidad que hacía que Riley se sintiese culpable cuando había hecho algo malo.

—Tú... —susurró Mitra como si acabase de ver un fantasma.

Él sonrió.

—Me recuerdas —le entregó un ramo de flores de lavanda que había comprado en un puesto al pie de la colina.

Ella apretó el ramo contra el pecho.

—¿Cómo olvidar esa cara tan preciosa? Ahora eres un hombre muy apuesto —con la mano libre, acarició la mejilla de Riley, allí donde le habían hecho el injerto de piel—. Te vi en las hojas de té. Vi fuego. La vida ha sido dura contigo.

—Mi padre murió el año pasado.

Ella asintió.

–Lo sé. Pasa.

Aunque era modesta, la vivienda parecía confortable. Mitra había decorado la sala de estar del mismo color violeta intenso que él recordaba haber visto en su *tsara*.

–Siéntate.

Riley obedeció mientras ella colocaba las flores en un jarrón. A continuación Mitra se acomodó en la mecedora negra, pintada a mano, que él tanto había admirado de joven.

–¿Cómo es que vienes a visitar a una vieja después de tanto tiempo?

–Quise visitarte mucho antes, pero las circunstancias lo hicieron imposible.

–La vida con tu padre te ha pasado factura.

–No hablemos de mí. Tienes buen aspecto.

Ella entrecerró los ojos.

–Siempre se te dio bien mentir. ¿Ves esa fotografía nuestra que hay ahí? Entonces sí me sentía bien.

Riley miró de soslayo la fotografía enmarcada que descansaba encima de la rinconera. Él contaba seis años en la foto. Ella aún tenía el cabello negro. Riley notó un nudo en la garganta al darse cuenta de que Mitra había conservado aquella foto durante tanto tiempo.

–Cuidé de ti desde que tenías dos años hasta que cumpliste diecisiete, cuando tu padre abandonó el circo y te llevó consigo. Debió haberte dejado conmigo.

–Mi padre me necesitaba, y sentía celos de mi relación contigo. No obstante, aunque me alejó miles de kilómetros de ti, siempre te eché de menos. ¿Recibiste las postales que te envié?

Ella hizo un ademán en dirección a una cesta lacada situada en un estante. Él se acercó y miró dentro. Al parecer, las había guardado todas.

Satisfecho al saber que las había recibido, preguntó:

–¿Por qué no pediste a algún familiar que te ayuda-ra a escribirme? Siempre dejaba una dirección donde podías encontrarme.

–No quería darle a tu padre más motivos para ha-certe sufrir.

Mitra lo había comprendido todo.

–Cuando no bebía, era buena persona.

–Tú merecías algo mejor –musitó ella.

Riley respiró hondo antes de sacarse un sobre del bolsillo. Contenía quinientos dólares en liras italianas. Riley sabía que Mitra no aceptaría una cantidad supe-rior. Lo dejó encima de la mesa, al lado de la fotogra-fía.

–¿Qué es eso?

Él la miró a los ojos.

–Sé lo que hiciste por mí. No hay dinero en el mun-do que pueda compensarte por el amor de madre que me diste. Esto representa una pequeña muestra del afecto que siento por ti.

Al igual que la hermana Francesca, Mitra volvió la cabeza para esconder sus emociones.

–Una vez me dijiste que si pudieras, comprarías flo-res frescas de lavanda para tu *tsara* todos los días. Este piso no es el alegre carromato gitano en el que yo solía jugar. Necesita flores. Ahora puedes comprar todas las que desees.

Al cabo de un prolongado silencio, Mitra clavó unos angustiados ojos en él.

–Te precipitas por un sendero aún más peligroso que el que has recorrido hasta ahora.

Él sonrió y meneó la cabeza.

–¿También has leído mi muerte en las hojas de té?

La expresión de ella se tornó feroz.

–Sin una mujer en tu vida, ya has muerto aquí –dijo golpeándose el pecho con el puño cerrado.

–Ha habido muchas mujeres.

Un sonido gutural escapó de la garganta de Mitra.

–¿Crees que no lo sé? ¡Pero nunca han sido las adecuadas para mi *gadja*!

–Hubo una excepción –replicó Riley arrastrando la voz–. Pero resultó que ella no me quería.

–¿Quieres decir que sentía demasiado respeto por sí misma como para batirse en duelo por ti, como hicieron esas dos leonas? ¡Bravo por ella!

–Tienes que admitir que fue un duelo impresionante –Riley sonrió burlón.

–Eso, ríete, pero recuerda que fui yo la que tuvo que sacaros de esa sucia cárcel cuando la policía os encerró a los tres.

–Siempre pude confiar en ti, Mitra. ¿Sabes cuál era el problema? Que eras demasiado mayor para casarte conmigo –bromeó Riley igual que había bromeado con la hermana Francesca.

Mitra movió la mano como si quisiera decir «¡Basta!».

–Vete ya, y no vuelvas a menos que me traigas la noticia que deseo oír.

La expresión de él se ensombreció.

–Volveré. Pero, por desgracia, ese es el único deseo que no puedo prometerte.

CAPÍTULO 2

DESDE la última visita de Ann a Turín, su hermana había colocado un nuevo letrero sobre los postes de la verja que daba acceso a la propiedad arbolada donde Callie trabajaba y vivía con su marido.

El letrero rezaba: *RESERVA DE AVES Y ANIMALES VALENTINO*.

Debajo, en uno de los postes, había otro letrero impreso en italiano, inglés, francés, alemán y español:

La reserva está abierta al público de 7:00 a 19:00 horas, de lunes a sábado. Sigan los caminos indicados. No toquen ni den comida a los animales. Se admiten toda clase de animales y aves abandonados que se hallen heridos o enfermos. La clínica, que podrán encontrar siguiendo las señales indicadoras, permanece abierta las veinticuatro horas.

La noche anterior, después del vuelo desde Los Ángeles, Ann se había ido directamente a la cama con una jaqueca. Esa tarde, no obstante, se encontraba mucho mejor y decidió llevar a la pequeña Anna, que contaba dos meses y medio de edad, a dar un paseo en el cochecito antes de la hora del biberón.

Para regocijo de Ann, Chloe, el doguillo de su hermana, y Valentino, el bóxer de Nicco, decidieron acompañarla.

Los cuatro se encaminaron por un sendero privado, situado detrás del palacete barroco, y llegaron hasta una verja que daba a la calle. Desde allí rodearon la finca hasta llegar a la entrada principal de la reserva. Siguiendo las indicaciones, Ann se dirigió al pabellón de caza del siglo XVIII donde ahora se hallaban la clínica y las cuadras. Callie, que era veterinaria, realizaba allí la mayor parte de su trabajo. Cuando ingresaba algún animal necesitado de atención médica, Callie lo llevaba al ala oeste del palacio. Nicco había reformado varias habitaciones para habilitarlas como centro de recuperación donde los animales enfermos o heridos se alojaban durante su convalecencia.

Si los animales tenían salvación, Callie les devolvía la salud. Después eran puestos en libertad y podían vivir en los extensos terrenos de la reserva, con sus gigantescos árboles, su vegetación y sus pequeñas lagunas, donados por el hermano menor de Nicco, Enzo, príncipe de la casa de Tescotti.

A pesar de los comentarios de su agente, Ann no se arrepentía de haber participado en el programa benéfico *¿Quién quiere casarse con un príncipe?* Tras pedir a Callie que la sustituyera en el último momento, debido a una emergencia, su hermana había acabado casándose con el primogénito Tescotti, que había renunciado a su título de príncipe para poder llevar una vida normal. Callie y Nicco eran ahora una pareja feliz con una hija preciosa y dos mascotas a las que adoraban.

Ann anhelaba esa felicidad. Comprendió que debía dejar a Colin. Este poseía muchas cualidades maravillosas, pero entre ellos no había chispa, sencillamente. Seguir con él sería una crueldad. Había llegado el momento de acabar con la relación.

Solamente un hombre había encendido en ella las

llamas del deseo, y lo había conseguido simplemente mirándola con sus ojos plateados. Pero era de clase de hombre que hacía arder el corazón de todas las mujeres. Un calavera que no servía para marido, según había sabido Ann instintivamente.

Tal vez había cometido muchos errores en su vida, ¡pero liarse con un donjuán no había sido uno de ellos, gracias a Dios!

Mientras Ann reflexionaba sobre la forma de decirle a Colin la verdad sin hacerle daño, Valentino se adelantó. El perro sabía exactamente dónde encontrar a su ama. Chloe lo siguió, como hacía siempre, brincando como un ciervo.

–Vamos, Anna. Tendremos que darnos prisa si queremos alcanzarlos.

A mitad de camino del pabellón, Ann vio una cabeza morena que asomaba desde el tronco de un enorme castaño. Era un chico de tez aceitunada y cabello negro rizado que no tendría más de once o doce años. Estaba demasiado delgado para la camiseta y los pantalones anchos que llevaba. Unos ojos negros muy serios parecían ocupar todo su semblante.

Intrigada, Ann dijo «*Buon giorno*» en su mejor italiano. Había estudiado aquella preciosa lengua desde que se casó su hermana. Callie ya lo hablaba con fluidez, y ella también podría hacerlo con el tiempo.

El saludo debió de asustar al chico, que desapareció detrás del tronco sin decir nada. Se suponía que no debía salirse del sendero. Decidida a investigar, Ann dejó el cochecito. Antes de que pudiese alcanzarlo, sin embargo, el chico se alejó como un rayo en otra dirección. Mientras se giraba para regresar con Anna, Ann vio una pequeña cesta negra al pie del árbol. Llena de curiosidad, la recogió y retiró la tapa para mirar el interior. El animalillo que había dentro parecía una cría de ardilla, aunque yacía tan quieta que era imposible saber si estaba viva o muerta.

¿Había acudido aquel chico a la reserva con la esperanza de que lo ayudaran a salvarla?

Ann miró en torno, buscando al joven. Con la excepción del trino de los pájaros y el zumbido de los insectos, no se oía ni se veía nada.

Se colocó la cesta debajo del brazo y siguió empujando el cochecito en dirección a la clínica.

–¡Conque ahí estáis! –dijo a los perros al tiempo que les abría la puerta de la clínica para que entraran. La puerta de la sala de cirugía tenía una ventana de vidrio. Ann vio que Callie estaba inclinada sobre el fregadero. Dio unos golpecitos en el vidrio. Al verla, su hermana salió al pasillo con una sonrisa en el rostro.

–¡Mis personitas preferidas! –rascó la cabeza de los perros y dijo un beso a su hijita. Luego alzó los ojos para mirar a Ann–. ¿Qué es eso que llevas debajo del brazo?

Tras ofrecer una breve explicación sobre el chico, Ann entregó la cesta a su hermana.

–Está claro que era demasiado tímido para venir hasta la clínica. Espero que no sea tarde para la ardilla.

–Le echaré un vistazo ahora mismo.

–Mientras tanto, yo llevaré a todos a casa y prepararé la cena. ¿Dijiste que había pollo en la nevera?

–Sí. A Nicco le encanta asado con zanahorias y patatas.

–¿La vieja receta de mamá?

Callie asintió con la cabeza.

–Será coser y cantar.

–Regresaré a casa a tiempo para darle de comer a Anna.

—Muy bien. ¡Vámonos, todos!

Tras salir del pabellón, Ann empujó el cochecito de vuelta al palacio mientras los perros se adelantaban a la carrera. Cuando casi había llegado a la escalinata del ala este, creyó ver movimiento con el rabillo del ojo. Intuyó que el chico los había estado siguiendo, lo que significaba que habría visto cómo dejaba la cesta en la clínica.

Ann notó una leve punzada en el corazón. La ardilla no podía ser su mascota, porque era recién nacida. Sin duda el chico había fantaseado con criarla hasta que fuese adulta.

Ann se apresuró al interior de la casa para ocuparse de Anna y preparar la cena, consciente de que aquel era el hogar de Callie. De Callie y Nicco. Necesitaba un hogar propio.

El problema era que para eso debían coincidir los ingredientes adecuados en el momento y el lugar idóneos. Y, de momento, eso no había ocurrido. Tal vez jamás ocurriría...

Ann comprendió que debía hacer algo respecto a su situación. Se aproximaba a los treinta sin un hombre en su vida que deseara ser el padre de sus hijos, y su efímera carrera de actriz corría serio peligro.

Administrándose con cuidado, podría vivir tres años más con el dinero que le había reportado la última película. En ese tiempo podría reciclarse profesionalmente. Podía dedicarse a la enseñanza, hacer uso de su licenciatura en Lengua Inglesa y su experiencia en el campo de la interpretación.

Al día siguiente se levantaría temprano y tantearía el terreno por Internet desde la oficina de Callie.

***

En las afueras de Turín, Riley encontró un complejo de edificios que debía de ser la factoría Danelli. No obstante, no estuvo seguro de haber dado con el lugar correcto hasta que vio el nombre escrito con letras pequeñas en la puerta de vidrio del edificio principal.

Todo estaba cerrado y los aparcamientos aparecían desiertos. No le extrañó. Eran las cinco y diez de la tarde. Había intentado llegar antes, pero había tardado mucho en alquilar un coche tras llegar de Roma. Lo único que podía hacer era buscar un hotel donde pasar la noche y volver por la mañana.

Regresó al coche y rodeó el complejo con la esperanza de encontrar a algún trabajador o vigilante que lo informase de cuál sería la mejor hora para hablar con el dueño. Atisbó un destello de color rojo en la periferia de su visión y pisó el freno. Un hombre alto y fuerte que llevaba con un casco negro, guantes y chaqueta de cuero, estaba sacando una motocicleta por una puerta con un letrero que rezaba *PRIVADO* en italiano. Riley se fijó en la moto. Era una NT-1, el modelo de carreras que estaba batiendo a todas sus competidoras según el reportaje de la revista que le había dado Bart.

Detuvo el motor, tomó el ejemplar de *International Motorcycle World* que llevaba en el asiento del pasajero y salió del coche.

El hombre del casco lo había visto. Alzó la visera. Mientras Riley se aproximaba, los penetrantes ojos negros del motorista lo examinaron con cauteloso interés.

—La fábrica está cerrada. ¿Puedo ayudarlo en algo, *signore*?

Su italiano, así como su porte, delataba un origen aristocrático, en especial el modo en que había formulado la pregunta, con un tono educado y autoritario al mismo tiempo. Riley se sintió intrigado de inmediato.

Quienquiera que fuese aquel hombre, parecía tan seguro de sí mismo que no se inmutaba por nada. Riley comprendió al instante que nunca había conocido a alguien así. Su instinto le dijo algo más. Se trataba de una persona que disfrutaba con las situaciones peligrosas y siempre salía airosa de ellas.

–Me llamo Riley Garrow –respondió en un italiano fluido–. Vengo desde Estados Unidos para hablar de trabajo con el *signore* Danelli.

–Me temo que eso será imposible. La familia Danelli lo enterró hace una semana.

Riley se sintió tremendamente abatido.

–No lo sabía. No se mencionó nada en las noticias.

–La familia ha pedido a la prensa que guarde silencio hasta que el único hijo del señor Danelli, que resultó herido en un accidente de avión, se recobre lo suficiente para enterarse de la verdad.

–Lo siento por ellos, y también por mí –murmuró Riley–. Durante años he deseado conocer al genio que diseñó la moto Danelli-Strada. Mi padre me enseñó a conducir con una Danelli. Antes de morir, siempre se negó a montar motocicletas de otras marcas y maldijo el día en que la compañía se retiró del negocio –alzó la revista–. Cuando leí que el signore Danelli había comenzado a fabricar de nuevo motocicletas en Turín, tomé el primer avión desde Los Ángeles.

El otro lo observó especulativamente.

–¿Quién era su padre?

–No creo que usted lo conozca. Se llamaba Rocky Garrow.

–¿Rocky? –musitó–. ¿El Cohete Humano?

–¿Ha oído hablar de él? –Riley parpadeó sorprendido.

–Desde luego. Ya me parecía que el apellido de usted me sonaba de algo. Era la estrella del circo ambulante de Rimini, que venía a Turín cada primavera. De niño aguardaba con impaciencia el momento de verlo saltar con la moto sobre todos aquellos barriles. ¡Parecía verdaderamente un cohete con aquel traje plateado que llevaba!

Riley sonrió con tristeza.

—Cuando tuve edad suficiente para comprender que no era inmortal, me daba miedo mirar lo que hacía.

—Lo comprendo. Recuerdo haber leído que murió el año pasado, haciendo un número sobre las cataratas de Iguazú, en Brasil. Lamento su muerte. Me aficioné a las motos en parte gracias a él.

Después de esa confesión, Riley sintió que un vínculo intangible lo unía a aquel hombre.

—Murió sobre su vieja Danelli, haciendo lo único que lo hacía feliz.

—Ojalá todos pudiéramos abandonar este mundo de esa forma. Es un placer conocer al hijo del hombre que me hizo vivir tantas emociones en mi juventud. Me llamo Nicco Tescotti —Nicco se quitó el guante para poder estrecharle la mano.

¿Nicco Tescotti?

—Según la revista, es usted presidente de la compañía. Supongo que tras la muerte del *signore* Danelli habrá quedado al frente del negocio. Para mí ha sido un gran honor conocerlo, pero soy consciente de que no vengo en un buen momento. Disculpe que lo haya molestado.

Mientras se giraba para irse, Riley oyó decir:

—¿Monta usted tan bien como montaba su padre?

Se volvió rápidamente.

—¡Mejor!

Ambos sonrieron.

—Entonces quizá pudiera montar para Danelli. ¿Ha cenado ya?

–¿Cómo dice? –preguntó Riley, demasiado extasiado para prestar atención a sus necesidades fisiológicas.

–Prefiero discutir los negocios importantes delante de una buena comida. Si no tiene otros planes para esta noche, ¿por qué no me sigue hasta mi casa, donde podremos charlar relajadamente?

–No quiero causarle molestias.

–No causará molestia ninguna. Mi esposa es tan aficionada a las motos como usted y como yo.

Riley volvió a sonreír. Tal vez estaba soñando.

–Seguro que es una mujer extraordinaria. Aun así, quizá no le gusten las sorpresas.

–Casi siempre es ella la que me sorprende a mí.

–¿Sí?

–Es veterinaria. Al llegar, suelo encontrarme con que se ha llevado a casa una cría de algo recién salida del quirófano y a la que hay que cuidar durante toda la noche. Claro que también está mi hija Anna, que tiene dos meses y medio. Pide el desayuno al amanecer y despierta a los perros. Me temo que el nuestro no es un matrimonio convencional –Nicco se subió en la moto–. Pero me encanta. Si me pierde de vista, pregunte por la Reserva de Animales Valentino.

Nicco cerró la visera del casco y arrancó la moto.

Riley lo siguió en el coche alquilado. Sabía reconocer a un corredor profesional cuando lo veía. Nicco Tescotti conducía con una precisión y una técnica impecables, propias de los mejores corredores del mundo.

Dejaron atrás varios kilómetros de bosque hasta que, por fin, Nicco aminoró la velocidad e hizo una señal antes de girar a la derecha, hacia un camino particular en cuya verja había un guarda. Riley hizo lo mismo. El guarda asintió, franqueándole el paso.

Riley se sorprendió al avistar el palacete barroco situado más allá del denso follaje. Nicco se detuvo en la entrada del ala este, donde había algunos coches aparcados. Se bajó de la motocicleta.

Riley parpadeó. ¿Vivía allí?

Mientras se apeaba del coche alquilado, dos perros salieron para recibir a su amo. Uno era un bóxer beis, con las patas blancas. El otro era un doguillo que se mantuvo alejado, ladrando con ferocidad hasta que Nicco se quitó el casco y surgió un cabello negro como el de Riley. Entonces el doguillo saltó hacia él.

Riley se echó a reír. Las risotadas de Nicco se unieron a las suyas mientras rascaba las orejas de los perros. Riley se acercó.

–Este grandullón es Valentino. Dele la mano y verá cómo se la estrecha.

Riley se puso en cuclillas e hizo lo que proponía Nicco. El gesto del bóxer al acercarle la pata a la mano pareció casi humano. Ambos hombres se rieron de nuevo.

El doguillo empezó a dar vueltas alrededor de Riley.

–Chloe, sin embargo, es una señorita difícil que detesta mi casco y no se fía de los desconocidos. Dele tiempo y quizá le deje acariciarle la cabeza, aunque yo no esperaría de pie.

Cuando se hubo cansado, Chloe se sentó resollando. Riley había acogido como mascotas a varios perros callejeros en su juventud. Movido por un impulso, colocó la mano en el suelo y empezó a moverla lentamente hacia el doguillo. La perra emitió un sonido extraño y avanzó hacia la mano, arrastrándose sobre su vientre. Riley siguió hasta que la nariz chata del doguillo tocó sus dedos. Después de darle varios golpes con el hocico, la perra se tumbó boca arriba en un gesto incitador.

Triunfante, Riley comenzó a acariciarle la barriga. Reparó en que le faltaba un dedo en cada pata delantera.

–El hombre del toque de terciopelo –murmuró Nicco admirado–. Chloe es de mi mujer. Debería estar aquí viendo esto.

–Lo he visto, y todavía sigo sin creerlo –respondió una voz femenina con tono de asombro.

Riley irguió la cabeza, y se llevó la sorpresa de su vida al ver los fabulosos ojos verdes de la única mujer en el mundo que se había negado a salir con él. Aquel rechazo, expresado sin la menor vacilación, disculpa o explicación, había infligido una herida en su orgullo que jamás había podido olvidar.

¡Era Annabelle Lassiter!

La guapa americana rubia a la que había conocido hacía menos de un año, durante el rodaje de la última película de Cory Sieverts, un gran éxito de taquilla. Por entonces no le había dicho nada de que estuviera casada.

¿Qué demonios pasaba allí?

Nicco había dicho que su esposa era veterinaria y aficionada a las motos. Tenían una hija de casi tres meses. Eso significaba que ya estaba embarazada cuando le había dado calabazas a Riley delante de todo el equipo de rodaje.

¿Había estudiado Veterinaria antes de trabajar como actriz? ¿Cómo y cuándo había conocido a Nicco Tescotti? ¿Por qué vivían en aquella finca palaciega?

Confundido por un torbellino de emociones encontradas, por no decir de preguntas sin respuesta, Riley se puso de pie.

–Riley, me gustaría presentarle a mi espo...

–Ya nos conocemos –dijo Riley antes de que Nicco pudiera terminar.

–¿Nos conocemos? –ella puso expresión de absoluto desconcierto mientras se unía a su marido.

Riley notó que lo recorría una oleada de furia.

Ella fingía no acordarse del incidente en el plató, pero él sabía la verdad. Entre ambos había existido una fuerte atracción, una química cuya intensidad Riley jamás había sentido con anterioridad. Y ella también lo había sentido. Una cosa así no se podía ocultar.

De no haber sido por la explosión que lo había enviado al hospital, Riley habría hallado la forma de verse con ella de nuevo y de vencer su oposición.

En aquel entonces había supuesto que su resistencia se debía a que la intensidad de sus propios sentimientos la aterrorizaba. Y Riley lo comprendía. Ella también había conmovido los cimientos de su mundo.

Si estaba embarazada de Nicco, entonces era lógico que se hubiese mostrado tan asustada. ¿Por qué no había sido franca con él y le había dicho que vivía con un hombre, o que estaba casada?

Había sido un día pródigo en sorpresas, tanto buenas como malas. En aquel momento, ella daba buena muestra de su capacidad como actriz. Incluso su italiano era fluido. Sin duda estaría rezando para que él no forzara un enfrentamiento.

Riley decidió seguirle la corriente hasta que pudiera hablar con ella a solas y decirle unas cuantas verdades.

–Si no me reconoce, es que me habré equivocado. Me recuerda a alguien.

Los ojos de Nicco emitían un misterioso brillo.

–¿Es posible que esté pensando en la mujer que aparece en la portada de *International Motorcycle World*?

Al oír la pregunta, algo se encendió en la mente de Riley.

–¡Por supuesto! ¡La veterinaria de la revista!

–Es mi mujer –Nicco besó el cuello de su esposa.

–Hasta las rodillas de barro –ella se sonrojó entre los brazos de su marido–. Creo que nunca superaré lo de esa fotografía.

–A mí me enganchó –dijo Riley en inglés deliberadamente para sorprenderla.

Ella abrió los ojos de par en par, manifestando la reacción que él había esperado.

–¡Es usted norteamericano! ¡Creí que era italiano, como Nicco! –exclamó en inglés.

Nicco le dio un apretón.

–Al igual que tú, cariño, Riley tiene muchas habilidades. Incluso le cabe el honor de haberse ganado a Chloe en su primer encuentro. Creo que estoy celoso.

–El doctor Wood no se lo creerá cuando se lo diga.

–¿El doctor Wood? –inquirió Riley arrastrando la voz.

Ella sonrió.

–Es el veterinario que me contrató cuando acabé la carrera. Aparte de mí, él era la única persona a la que Chloe permitía que la tocase.

–Si tu talento es extensible al circuito, Riley –dijo Nicco tuteándolo–, compadezco a los demás desgraciados cuando entres en acción.

–¿Así que compites? –preguntó ella entusiasmada.

Era buena fingiendo. La mejor que Riley había visto nunca.

–No en la categoría profesional, como su marido.

–¿Por qué no acabamos la conversación dentro? –murmuró Nicco contra la mejilla de su esposa–. No sé nuestro invitado, pero yo me muero de hambre.

–Mientras le muestras a Riley dónde puede asearse, me aseguraré de que Anna está dormida y luego me reuniré con vosotros en el comedor –Callie se separó de Nicco y se apresuró al interior de la casa con los perros pisándole los talones.

–¿Entramos? –instó Nicco a Riley después de aparcar la moto cerca de los arbustos–. Hace un rato mi esposa me comentó que esta noche Ann haría la cena. Entre nosotros, no es tan buena cocinera como Callie, pero ha mejorado mucho y se está esforzando en aprender italiano. Sé paciente con ella cuando lo intente.

Riley parpadeó.

–¿Quién es Callie?

–Mi mujer.

Riley estaba completamente desconcertado.

–Entonces, ¿quién es Ann?

–La hermana gemela de mi esposa. Ha venido a pasar unos días con nosotros. Llegó anoche de Estados Unidos.

CAPÍTULO 3

ANN ATRAVESÓ la puerta que comunicaba la cocina y el pequeño comedor del palacio con una bandeja en la mano.

—Me alegro de que hayas vuelto, Nicco. Ya hace bastante rato que acabé de preparar el pollo y...

De repente dejó de hablar, porque descubrió que su cuñado no estaba solo.

En opinión de Ann, su hermana se había casado con un adonis italiano. Ella solo había conocido a un hombre que le pareciera todavía más atractivo. Para sorpresa suya, ese hombre estaba allí en persona, al lado de Nicco, vestido con un traje de color beis, camisa y corbata.

La bandeja se le resbaló literalmente de las manos y cayó sobre la mesa con un golpe sordo.

—¡Tú! —exclamó cuando al fin recuperó la voz.

La boca sensual de él se curvó formando una sonrisa cínica. Ella notó que el corazón le latía como un tambor.

Guapo, musculoso, moreno y apuesto con ojos plateados... Todos los adjetivos resultaban insuficientes para describir a Riley Garrow. Su poderoso cuerpo masculino poseía una arrebatadora esencia viril. Podía tragarse vivo a cualquiera con solo mirarlo.

Ninguna mujer era indiferente a su carisma.

Amante hoy, recuerdo mañana.

Esa era su reputación. Lo precedía adondequiera que iba como el especialista más solicitado de Hollywood.

Oh, sí. Ann había oído hablar de Riley mucho antes de que este pusiera el pie en el rodaje de su última película. Tenía madera de estrella. Nadie entendía por qué prefería doblar al héroe en las escenas peligrosas en lugar de interpretarlo. Ningún actor poseía su capacidad de atraer a las mujeres, su instinto de supervivencia o su estilo.

Verlo allí, en el palacio Tescotti, era un increíble sueño hecho realidad.

Aunque Ann se había sentido tentada de aceptar cuando él la invitó a cenar, al acabar la sesión de rodaje de aquel día, su parte racional fue lo bastante prudente como para declinar la invitación. Pero su satisfacción al rechazarlo no duró mucho, porque él jamás volvió a acercarse a ella. Nunca la llamó. Estaba claro que su interés por ella no era auténtico.

Ann volvió a dar gracias por haberse evitado el sufrimiento de pasar una noche con él y descubrir luego que tenía planes con alguna otra mujer la noche siguiente.

No, gracias.

Sintió la mirada interesada de Nicco.

—Al parecer no es necesaria una presentación.

—Ninguna, tratándose de la bala de cañón humana —se burló ella, acalorada y totalmente fuera de control.

Riley pareció agradecer el agresivo comentario.

—Te refieres a mi padre. Era él quien se anunciaba como «El Cohete Humano».

Seguía mostrándose tan imperturbable y seguro de sí mismo como siempre. Maldita fuese aquella aura invisible de sofisticación que lo separaba de los hombres vulgares y corrientes.

Ann tomó asiento antes de que alguno de los dos le retirase la silla.

–¿Cenamos? –sugirió–. Anna está algo inquieta, así que Callie tardará un rato en venir.

Riley se sentó al lado de Nicco, en un extremo de la mesa. Ann se acomodó en el extremo opuesto y empezó a dar cuenta de su ensalada mientras ellos se servían el plato principal. Cuando Nicco le pasó la bandeja, Ann probó una patata y vio que estaba demasiado seca. Como no conocía bien el funcionamiento del horno del palacio, el pollo se le había quemado ligeramente. Ambos hombres simularon disfrutar de la comida, aunque exageraron al dirigirle varios cumplidos acerca de lo sabroso que estaba el pollo. En un momento determinado, ella alzó la cabeza y se encontró con la mirada desconcertada de Nicco.

–Quizá no hayas oído hablar del padre de Riley. Era muy famoso. Más o menos en la época en que Callie y yo nos casamos, se mató haciendo un número en las cataratas de Iguazú, en Brasil.

Ann desvió la mirada. No lo sabía.

–Lo lamento –murmuró–. Callie y yo perdimos a nuestro padre hace años, y aún nos cuesta aceptarlo –había ocasiones en que lo echaba muchísimo de menos.

Riley se limpió la comisura de la boca con una servilleta.

–Es un hecho inevitable en la vida que todos aprendemos a sobrellevar de un modo u otro.

Sintiéndose cada vez más incómoda, Ann dijo:

–¿Y estás pensando en seguir los pasos de tu padre?

Antes de que él pudiera contestar, Callie entró en el comedor y se sentó junto a Nicco. Los perros merodeaban alrededor de la mesa con la esperanza de recibir algo de comida.

–Perdonad que haya tardado tanto. Anna no quería dormirse. Debía de sospechar que hoy tenemos un invitado –Callie llenó su plato–. Tiene un aspecto delicioso, Ann.

–Gracias –susurró Ann, consciente de la perturbadora mirada de Riley cada vez que alzaba los ojos.

Nicco colocó una mano sobre el brazo de su esposa.

–Iba a decirle a Ann que Riley va a correr con el equipo Danelli.

El interesado se quedó sin habla. Nicco acababa de hacerle una oferta de trabajo en toda regla.

–Salir de la sartén para caer en el fuego. ¿No era así el refrán? Salvo que en tu caso no creo que sea aplicable, porque también sobreviviste a eso. Has tenido suerte de no matarte hasta ahora.

Riley no se movió, pero sus ojos grises se convirtieron en acero fundido mientras sostenían la mirada de ella.

–Ann... –reprendió Callie en un susurro lo bastante alto como para que todos lo oyeran.

Su hermana alzó la cabeza.

–No te preocupes, Callie. Riley sabe exactamente a qué me refiero. Después de hacer las escenas de mi película, resultó herido por una explosión en otro plató mientras doblaba a un bombero y acabó en el hospital. Gajes del oficio.

–¡Qué horrible! –exclamó Callie. Centró su atención en su huésped–. ¿E interrumpieron el rodaje hasta que te recuperaste?

–En realidad, estuve en el hospital dos meses, así que tuvieron que buscarme un sustituto para finalizar la película.

Ann no consiguió reprimir el jadeo ahogado que escapó de sus labios.

Nicco arrugó la frente.

—¿Dos meses?

—Sufrí algunas quemaduras y tuvieron que hacerme un injerto de piel alrededor del ojo.

Ann no había tenido noticia de lo serias que habían sido sus heridas, ni de que hubiese estado hospitalizado durante tanto tiempo. Deseó que se la tragase la tierra por haber hablado con tanta ligereza del accidente.

¿Por ese motivo no le había telefoneado ni había hecho ningún intento de buscarla?

—¿Cuándo te dieron de alta? —inquirió Nicco con visible preocupación.

—Hace cuatro días. Pero no te preocupes. Hice bastante ejercicio en el gimnasio del hospital y los médicos me declararon apto para volver a trabajar.

Callie meneó la cabeza.

—Después de una experiencia así en el plató, no te reprocho que prefieras el circuito. Aunque quisiera preguntarte una cosa. ¿Nunca te has planteado dedicarte a la interpretación?

—Me temo que esa clase de vida acabaría conmigo.

Ann hizo una mueca. Parecía decirlo en serio.

—Qué curioso que intervinieras en la misma película que Ann. Había muchas escenas de acción. ¿En cuáles participaste?

Callie podía estar felizmente casada, pero se sentía fascinada por Riley a pesar de todo. Como Ann siempre había sabido, ninguna mujer podía resistirse a los encantos de ese hombre, ni siquiera su hermana.

—Dobló a Corey en los segmentos en que el protagonista montaba a caballo, volaba en ala delta, buceaba y conducía una moto —explicó Ann de mala gana.

Comprendió que había cometido un error en el instante en que los ojos de Riley la miraron con un brillo de satisfacción.

¿Se había dado cuenta de que ella contenía el aliento cada vez que él rodaba alguna de aquellas escenas tan peligrosas?

—¡Estuviste fabuloso! —exclamó Callie—. ¿No te inquieta ver las películas una vez que se estrenan?

—Nunca he visto mis escenas —declaró Riley tajantemente—. El trabajo de especialista era tan solo un medio para conseguir un fin. Lo único que me ha interesado siempre son las motos.

Ann se levantó de la mesa.

—Con vuestro permiso, iré por el postre.

—Esas escenas de acción eran verdaderamente impresionantes —Nicco siguió hablando como si ella no hubiese dicho nada. Parecía realmente entusiasmado con la idea de que Riley corriera con el equipo Danelli.

Eso significaba que Riley se quedaría a vivir en Turín... A Ann le latía el corazón con tanta fuerza que temió que él lo oyese.

—Como ha dicho Ann, es mi oficio —explicó Riley mientras ella se dirigía a la cocina con su plato—. Pero, respondiendo a la pregunta de tu esposa, la última vez que vi una película o un vídeo fue hace más de doce años, antes de irme de Italia con mi padre.

—¿Adónde fuisteis luego?

—Rusia, Australia, Suramérica. A cualquier parte donde hubiese espectáculos que contratasen a mi padre.

Y probablemente habría dejado tras de sí un rastro de corazones rotos.

Ann se apresuró hasta la encimera de la cocina. Con manos temblorosas buscó el tarro de glaseado de menta y espolvoreó la tarta de chocolate que había puesto a enfriar. Por desgracia, sus movimientos fueron demasiado violentos. El glaseado penetró en la tarta, cuya superficie semejaba un camino lleno de baches. Ann la alisó con el cuchillo lo mejor que pudo, pero el daño era irreparable. El bizcocho se había mezclado con el glaseado. Era un desastre.

Callie llegó a los pocos minutos con los platos que había retirado de la mesa. Tras echar una ojeada, dijo:

—Creo que serviré a nuestro huésped helado en vez de tarta. Nicco podrá comer su tarta favorita más tarde, antes de acostarnos.

—¿Quieres... quieres ocuparte tú, por favor? —la voz de Ann temblaba—. Me gustaría echarle otro vistazo a la cría de ardilla. Quizá esta vez quiera beber.

—Se está muriendo, Ann. Debiste dejar que le pusiera una inyección.

—¡No! —exclamó Ann con voz cargada de sentimiento—. Ese chico la trajo con la esperanza de que la curaras.

Soltó el cuchillo en la encimera y salió apresuradamente por la puerta que daba al pasillo por donde se iba a las habitaciones del palacio habilitadas como centro de recuperación. Una vez allí, se puso unos guantes de goma antes de acercarse a la ardilla.

El animal yacía en una especie de cunita de hospital parecida a las utilizadas para los bebés humanos. Callie había hecho todo lo posible por salvarlo, pero tal vez no había sido suficiente. El chico lo había llevado demasiado tarde.

Aun así...

Ann estaba a punto de llenar el cuentagotas de medicina, pero en cuanto vio la postura de la ardilla comprendió que la vida había abandonado su cuerpo.

—Oh, no...

Escapó un sollozo de su garganta.

—Lo que me temía —susurró Callie detrás de ella. Al oír la voz de su hermana, Ann notó que las lágrimas corrían por su mejilla y empapaban su blusa.

Callie le rodeó la cintura con el brazo.

–¿Qué es lo que sucede, Ann? Y no me refiero solamente a la ardilla.

–Nada –Ann se separó de ella para secarse los ojos.

–Nacimos con diez minutos de diferencia y, antes de eso, pasamos ocho meses juntas. Cuando tú sufres, yo sufro también. Riley Garrow es el motivo de que lo tuyo con Colin no haya funcionado, ¿verdad?

–¿Por qué me haces esas preguntas? –inquirió Ann en tono sofocado.

–Voy a decirte por qué. Después de que acabaras de rodar la película, Nicco y yo esperábamos que nos anunciaras tu boda con Colin. Pero eso nunca ocurrió. Entonces comprendí que algo iba mal. Ahora sé por qué. Ese pobre tipo no sabe nada de Riley, ¿verdad?

–No –susurró Ann–, porque no hay nada que saber.

–¿De veras?

–De veras. Los dos estuvimos trabajando en el mismo plató, eso es todo.

–No, no es todo.

Callie seguiría indagando hasta sacarle toda la verdad.

–Me pidió que fuera a cenar con él. Yo rechacé la invitación. Nada más.

–Y desde entonces has estado furiosa contigo misma porque Riley no insistió, como los demás –Callie adivinó la verdad, como siempre–. Ahora que he conocido personalmente al único hombre que ha conseguido atravesar tus defensas, entiendo por qué Colin nunca tuvo ninguna posibilidad. Aunque es muy atractivo, no puede compararse con Riley Garrow. El único varón del mundo que hace que el corazón me lata más deprisa es...

–Nicco –musitó Ann antes que su hermana pudiera

terminar–. Pero entre los dos existe una enorme diferencia.

–¿Te refieres a que Riley no nació con un título de príncipe?

–No se trata de eso. En Hollywood tiene reputación de ser el típico donjuán.

–Y bien puede serlo, con ese físico y las emociones que lo rodean. Que yo sepa, eso no es ningún delito.

–Debería serlo –gruñó Ann.

–Tú también tienes una reputación parecida, ¿sabes?

Ann se volvió hacia su hermana.

–¿Qué quieres decir?

–Tu amiga Alicia, la que estaba en tu apartamento un día que te telefoneé, me dijo que has roto el corazón de varios hombres, entre ellos algunos actores. Sales una vez con un hombre y después pasas a otro. Naturalmente, eso es algo que yo ya sabía, tras haber visto cómo rechazabas a un chico tras otro cuando vivíamos en casa.

Ann notó que un súbito calor le abrasaba las mejillas.

–No me compares con Riley. Yo no me he acostado con ninguno de esos hombres.

–Lo sé –una leve sonrisa curvó los labios de Callie–. También sé que el señor Garrow no puede haberse acostado con todas sus admiradoras. O habría muerto hace mucho.

–Aun así...

–¡«Aun así», nada! –la interrumpió Callie–. ¿Qué otra cosa te disgusta?

Ann inhaló aire.

–¡Es un temerario! Mira lo que le pasó en esa última película. Y su padre... ¡se mató haciendo uno de esos números disparatados! ¡En las cataratas de Iguazú, nada menos!

–Pero Riley sigue vivo –insistió Callie–. Ya has oído lo que dijo en la mesa. Ha dejado el trabajo de especialista.

Ann sacudió la cabeza.

–¿Cómo puedes decir eso, cuando va a correr para la compañía de Nicco? Para mí, el circuito es una trampa mortal –apretó los puños–. Desearía que no existiesen las motos. Tenéis suerte de no haberos matado todavía –gritó, llena de dolor, antes de salir apresuradamente.

Aunque la humedad de las lágrimas cegaba sus ojos, logró recorrer los pasillos del palacio hasta su habitación, situada en la segunda planta del ala este. Cerró la puerta tras de sí, se quitó los guantes de goma y se arrojó sobre la cama.

Derramó lágrimas de furia, no solo por su hermana, cuyos días estarían contados si seguía corriendo en moto con Nicco, sino también por el chico que quedaría destrozado cuando supiera que ningún poder de la tierra podría devolverle su cría de ardilla.

Quizá por la mañana sugeriría a Callie que le regalase uno de los conejos. Ann lo pondría en la cesta con un poco de comida y lo dejaría debajo del árbol. Con suerte, el chico se repondría más deprisa si tenía otro animalillo que cuidar.

Se sentó en la cama y se retiró el cabello húmedo del rostro. Decidió que era el momento idóneo para telefonear a Colin y decirle que iría a verlo. Colin merecía recibir una explicación cara a cara. Era una persona excelente y juntos habían pasado ratos maravillosos.

Había suplicado a Ann que se acostara con él, pero ella se había negado alegando que deseaba esperar al matrimonio. Y Colin le había pedido en varias ocasiones que se casaran, afirmando que aguardaría hasta que estuviese preparada. No obstante, tras ver a Riley Garrow después de tanto tiempo, Ann comprendió que jamás estaría preparada. Ni para Colin ni para ningún otro hombre.

Alargó la mano hacia el teléfono y llamó al apartamento de Colin en Londres.

«Vamos. Contesta».

Para su consternación, le respondió el contestador después del sexto tono y se le pidió que dejara un mensaje.

–¿Colin? Soy Ann. Lamento no haberte llamado an...

–¡No cuelgues! –de repente Colin se puso al aparato.

–Oh, Colin... Me alegro mucho de que estés ahí.

–Ya somos dos. ¿Dónde estás?

–Estoy en Turín.

–¿Por qué no me lo has dicho antes? –Colin parecía dolido.

–Es la primera ocasión que tengo de llamarte desde que llegué.

–Ann..., tenemos que hablar.

–Lo sé. Por eso te he llamado.

–Por teléfono, no. Ahora que sé dónde estás, iré mañana mismo.

–No, Colin. Prefiero ir yo a Lon...

La comunicación se cortó. Ann colgó el teléfono, y comprendí que tendría que haber volado a Inglaterra antes.

Conociendo a Colin, probablemente llegaría por la mañana, creyendo que pasarían el día juntos. Así pues, Ann debería levantarse temprano para hablar antes con su hermana acerca del conejo que le regalarían al chico.

Se levantó de la cama y se dirigió al cuarto de baño para ducharse y lavarse el pelo. Al menos, debía agradecer que Colin no se hubiese presentado al mismo tiempo que Riley Garrow. Habría sido incapaz de estar sentada en la mesa con ambos, sonriendo a Colin mientras cada molécula de su cuerpo se hallaba electrificada por el mero hecho de encontrarse en presencia de Riley.

Cuando se hubo preparado para acostarse, se tomó una pastilla con el propósito de acabar con el dolor de cabeza que empezaba sentir. Para sorpresa suya, durmió bien y se despertó a las siete de la mañana, llena de energía.

Se recogió el cabello con un pañuelo blanco y se puso unos vaqueros y un jersey gris antes de bajar apresuradamente y dirigirse al centro de recuperación.

Agradeció que Callie hubiese enterrado a la ardilla. Encontró la cesta negra colocada en un estante y, tras recogerla, se dirigió hacia la clínica.

El estimulante aire otoñal y el cielo azul hacían de aquella una hermosa mañana de septiembre. Demasiado hermosa, si tenía en cuenta cómo iba a sentirse Colin cuando le diera la noticia.

—Hola, doctor Donatti —saludó Ann al entrar en el área de cirugía.

—Buenos días, Ann. ¿Qué te trae por aquí tan temprano un sábado?

El doctor Donatti era el afable veterinario que había trabajado para la familia de Nicco desde mucho antes de la llegada de Callie. Ann vio que estaba ocupado encajando la pata trasera rota de un precioso gato anaranjado.

—Supongo que sabrá lo de la cría de ardilla.

—Callie me lo contó. Es una lástima que el chico no la trajese un poco antes.

—¿Cree que podrían prescindir de una de las crías de conejo que hay en el corral?

–¿Para regalárselo al chico?

–Sí.

Él sonrió.

–Eres igual de sensible que tu hermana. Callie me dijo eso mismo anoche. Adelante, ve y escoge el que quieras.

–Gracias –respondió Ann con un nudo en la garganta–. Estoy segura de que el chico lo cuidará bien. De otro modo, no habría traído la ardilla a la reserva para que la ayudasen.

–Esperemos que tengas razón.

–Sé que en el almacén tienen jaulas portátiles nuevas. ¿Podría llevarme una? La pagaré, claro está.

–No tienes que pagarla.

–¡Insisto!

Él dejó escapar una risita.

–Como quieras. Mira en ese archivador de ahí, en el tercer cajón. Hay una carpeta con folletos informativos en varios idiomas sobre el cuidado y la alimentación de los conejos.

Tras sacar uno de los folletos, Ann fue apresuradamente al almacén para recoger un poco de heno, alfalfa y vegetales frescos. Cuando lo hubo reunido todo, incluida la jaula, corrió hacia el corral.

Había docenas de crías de conejo, algunas blancas y otras marrones. Ann pensó que el chico preferiría uno marrón y entró para atraparlo. Experimentó una punzada de nostalgia mientras corría detrás de uno de los pequeños, recordando cómo en su niñez sus amigas y ella solían perseguir a los animales de granja.

Al cabo de unos minutos tuvo éxito, aunque la bonita nariz del animalillo temblaba constantemente a causa del miedo. Ann cerró la puerta del corral, colocó cuidadosamente el conejo en el interior de la cesta y después bajó la tapa. Hecho eso, se encaminó presurosa hacia la entrada de la reserva sosteniendo con dificultad todo lo que llevaba entre los brazos.

Si el chico no se presentaba enseguida, metería al conejo en la jaula y lo llevaría todo de vuelta al corral hasta el día siguiente, cuando probaría de nuevo.

No llevaba mucho rato caminando cuando vio que algo se movía por entre el follaje, a su derecha. Podía tratarse de un ciervo, pero también podía ser... ¡Sí, era él!

Excitada, Ann siguió avanzando hasta llegar al enorme castaño, a cuyo pie depósito su carga. Después aguardó.

No tardó en ver al chico mirándola desde detrás de otro árbol. Ann lo llamó. Él pareció titubear. Haciendo uso de su mejor italiano, ella lo animó a acercarse.

Al ver que seguía sin moverse, Ann tomó el folleto de instrucciones y pronunció la palabra «conejo» en italiano, señalando la cesta al mismo tiempo. Él respondió con una retahíla de palabras que ella no entendió.

–¡Conejo! –volvió a decir.

El semblante del chico pareció abatido.

–Quiere saber dónde está la ardilla –dijo una voz masculina detrás de ella.

Ann se giró rápidamente y vio a Riley Garrow montado a pelo en *Spirito*, el caballo favorito de Enzo. El invitado de Nicco iba vestido con unos pantalones tejanos y una camiseta. Estaba tan increíblemente atractivo subido en el magnífico caballo castaño, que Ann pensó que iba a desmayarse por la pura fuerza de su presencia.

Nicco debía de haberlo invitado a pasar la noche en el palacio. Entre los dos hombres se había forjado ya un vínculo que sorprendía a Ann.

–He aprendido algo de italiano, pero no entiendo nada de lo que dice el chico.

Los ojos de Riley se pasearon perezosamente por el semblante y el cabello de ella, derritiéndola por dentro.

–Eso es porque eres una *straneri*.

–¿Qué es eso?

–Alguien que no es gitano.

–¿El chico es gitano? –susurró Ann sorprendida.

–Sí. Habla en romaní.

Un instante después, Riley empezó a hablarle al chico en una lengua que ella no había oído nunca. ¿Cuándo había aprendido Riley Garrow a hablar el idioma de los gitanos?

Mientras meditaba sobre dicha cuestión, el chico se enjugó los ojos. Ann no necesitaba un intérprete para comprender sus actos. Estaba destrozado.

–Dile que la cara del conejito se parece mucho a la de la ardilla, y que será una mascota todavía mejor –pidió a Riley.

La expresión de él se tornó seria.

–Quiere la ardilla. Vio cómo la madre caía de un árbol con su hijo, muerta de un tiro.

Los ojos de Ann se llenaron de lágrimas.

–Pobrecillo –Ann tragó saliva–. Explícale que sé cómo se siente. Cuando nuestro perro Jasper murió, yo deseé morirme también. Pero ese mismo día nuestro padre nos dio un pequeño cochinillo, para que lo cuidáramos, y muy pronto nuestro dolor se alivió.

Riley se quedó mirándola durante largos instantes. Ann no podía ni imaginar qué estaba pensando.

–Quizá si ve el conejito… –sugirió Ann en un golpe de inspiración. Sin esperar a que él respondiese, alzó la cesta y le quitó la tapa. A continuación empezó a caminar hacia el chico–. Dile que este conejo no se había

separado de su madre hasta ahora –dijo en voz alta, por
encima del hombro–. Si se lo lleva a casa y cuida de él,
el conejito llegará a quererlo e irá con él a todas partes.

Al instante siguió otra conversación. De nuevo Ann
se maravilló de las capacidades lingüísticas de Riley. El
chico seguía sin moverse de donde estaba.

Ann se acercó a él, conmovida por el dolor que se
reflejaba en sus enternecedores ojos negros. Acarició el
lomo del conejito, que permanecía acurrucado en la
cesta con las orejas gachas. Movida por un impulso,
alargó la mano para tomar la del chico y lo ayudó a
acariciar al animal durante un minuto. Para entonces,
Riley había situado el caballo junto a ellos.

Ann alzó los ojos para mirarlo. Observados desde
cerca, vio que sus ojos eran de un color gris cristalino,
como nubes de fuego plateado. Tan hermosos que cor-
taban la respiración.

–Quiero que sepa que el conejo está sano y que no
morirá en muchos años. Lo único que necesita es cariño. Este papel que traigo lo ayudará a cuidarlo como es
debido.

Los ojos de Riley se retiraron de los de Ann lentamente y se posaron en el chico. Volvió a hablarle. La
conversación duró unos minutos.

–Dice que le gustaría quedarse con el conejo, pero
que vive lejos de aquí y no puede llevarse todas estas
cosas.

–Eso significa que ha pasado la noche en la reserva.
¿A qué distancia está su casa?

–Vive en un campamento, más allá de la ciudad.

–¿Permitiría que lo lleváramos hasta allí? Así cono-
ceríamos a la familia y tú podrías explicárselo todo. Yo
les daría algo de dinero para que compresen más comida para el conejo. Les diríamos que es un donativo de

la reserva, para que no se sintieran ofendidos. Parte de un programa de adopción de mascotas.

Riley enarcó una de sus negras cejas.

–¿Existe tal programa?

–Todavía no, pero conozco a Callie y sé que será el próximo proyecto que propondrá a Enzo.

Él frunció el ceño.

–¿Enzo?

–El hermano menor de Nicco. El año pasado fue nombrado príncipe de la casa Tescotti. Uno de sus primeros actos fue donar al Estado una parte de la finca de los Tescotti como reserva de aves y animales. Callie es la encargada –Ann se humedeció los labios nerviosamente–. Ese caballo que montas es el favorito de Enzo.

La explicación pareció asombrarlo.

–No sabía nada de eso. Eso significa que Nicco también es príncipe .

–Lo fue. Pero no deseaba la vida propia de la realeza, así que renunció al título cuando tenía veintitantos años para trabajar como ingeniero. Como ya has tenido ocasión de saber, prefiere diseñar y conducir «matacicletas» antes que dedicarse a algo seguro y atender los asuntos del reino.

Los labios de él se curvaron.

–Algo me dice que nunca has montado en... «matacicleta».

Cuando Riley la miraba de ese modo, cuando la tentaba con su voz profunda y aterciopelada, Ann corría peligro de olvidar quién era y qué estaba haciendo.

–Es usted tan astuto como habilidoso, señor Garrow. ¿Me haces el favor de preguntarle al chico si quiere que lo ayudemos a llevar todo esto a su casa? Callie me prestará su automóvil.

–No hará falta molestarla. Podemos ir en mi coche alquilado.

Se estaba formando entre ambos una electrizante tensión. Cuando ella se sintió incapaz de seguir sosteniendo la mirada de sus ojos penetrantes, miró hacia otro lado. En ese momento, Riley entabló una nueva conversación con el joven visitante.

–Está decidido –anunció al cabo de un minuto–. El chico lo llevará todo hasta la verja de seguridad mientras nosotros vamos a buscar el coche. Le he dicho que lo recogeremos dentro de diez minutos. No tenemos mucho tiempo.

Antes de que Ann se diese cuenta de lo que había sucedido, Riley alargó los brazos hacia ella y la alzó del suelo con la misma facilidad de la que hacía gala mientras filmaba las escenas peligrosas. De repente, se vio sentada delante de él sobre el caballo.

Los brazos de Riley se cerraron en torno a su cintura y la atrajeron hacia su cuerpo.

–Qué agradable es esto –susurró contra el cuello de Ann mientras el caballo se dirigía de vuelta al pabellón.

¿Agradable? No tenía nada de agradable.

El contacto de sus labios hizo que un escalofrío de placer surcara el tembloroso cuerpo de ella. Cuando hubieron recorrido el corto trayecto hasta las cuadras, Ann se sentía consumida por el deseo de estar todavía más cerca de él.

CAPÍTULO 4

CONQUE aquí estabais! Precisamente íbamos a buscaros para invitaros a dar un paseo a caballo con nosotros.

Ann abrió los ojos a tiempo para ver a Callie y a Nicco montados en sus caballos, listos para dar su acostumbrado paseo matinal. Bianca, la esposa del doctor Donatti, siempre se levantaba temprano para cuidar de la niña mientras ellos estaban fuera.

Avergonzada, Ann se zafó de los fuertes brazos de Riley y se bajó del caballo con una torpe maniobra. Los perros corrieron hacia ella.

Aún temblando tras el contacto con Riley, Ann les acarició la cabeza para disimular su estado alterado. Cuando logró recuperar algo parecido al control de sí misma, miró a Callie.

–Supongo... supongo que el doctor Donatti te habrá dicho que le he regalado al chico un conejo y una jaula. Necesita que lo ayudemos a llevar las cosas a su casa. Iremos en coche, porque vive muy lejos.

Callie pestañeó sorprendida.

–No tardaremos mucho –se apresuró a añadir Ann, desviando su mirada hacia Nicco–. Espero que no te importe que te robe al señor Garrow un rato. Me temo que no hablo muy bien italiano, no digamos ya romaní. Como él domina ambos idiomas, podrá ayudar a que me entienda con la familia del chico. Son gitanos.

Los inteligentes ojos negros de su cuñado se desviaron hacia Riley.

–Celebro que la existencia de la reserva haya llegado a oídos de los gitanos. Suelen estar en contacto con la naturaleza y probablemente tropiezan con muchos animales heridos. Debimos poner en la verja un rótulo en romaní. Llamaré a Enzo para comentárselo.

–Será mejor que nos demos prisa –urgió Ann–. El chico nos estará esperando en la verja.

Riley asintió con la cabeza y eso hizo que Ann se fijara en su brillante cabello. Era tan negro como el de Nicco, pero lo llevaba más corto, seguramente porque lo tenía más rizado...

–Espera un momento mientras meto el caballo al establo.

–No te preocupes –terció Nicco–. Yo me ocuparé.

–Gracias. Y, por favor, dile al príncipe que *Spirito* hace honor a su nombre en todos los sentidos. Ha sido un gran placer montarlo.

Nicco esbozó una sonrisa.

–Puedes cabalgar con él cuando gustes. Últimamente mi hermano no lo ejercita tanto como quisiera.

Ann se estremeció al pensar que Riley podría ser un visitante asiduo de la reserva en lo sucesivo. ¡Aquello no podía estar pasando! Se giró hacia el hombre que causaba aquel hormigueo dentro de su pecho.

–Iré por mi bolso y me reuniré contigo en la verja.

Sin aguardar una respuesta, se apresuró por el camino que llevaba al palacio. Cuando volvió a salir, al cabo de unos minutos, pudo oír la risa profunda y sonora de Riley y vio que estaba jugando con los perros, que lo habían seguido desde las cuadras.

Aminoró el paso para contemplar cómo se marcaban sus recios músculos debajo de la camiseta. Un jadeo escapó de sus labios. De repente, Chloe salió disparada hacia ella, haciendo que Riley girase la cabeza. Humillada al comprender que él la había sorprendido mirándolo boquiabierta, Ann se agachó para rascar las orejas de la perra.

–¿Nos vamos ya? –la apremió Riley.

Ella se levantó y se acercó hasta él, que la ayudó a acomodarse en el asiento del pasajero y después cerró la portezuela. Chloe empezó a ladrar al ver que se iban, pero finalmente corrió tras Valentino, que ya se dirigía en busca de su adorado Nicco.

Cuando hubieron arrancado, Ann se giró hacia Riley y no pudo dejar de admirar su atractivo perfil.

–¿Es tu primera visita a Turín?

–No, pero hacía mucho tiempo que no venía.

–¿Naciste en Italia?

–¿Me creerás si te digo que soy de California, como tú?

Ella contuvo la respiración, sorprendida.

–¿De qué parte?

–Santa Mónica.

Quedaba muy cerca de Hollywood.

–De pequeña, solía pensar en lo excitante que sería crecer cerca de tantas estrellas. Desde entonces mis ideas han cambiado mucho. ¿A ti no te fascinaba pensar que Hollywood estaba ahí al lado?

–No permanecimos allí el tiempo suficiente como para descubrirlo.

–¿Por qué no?

Riley la fascinaba más que ningún otro hombre que hubiese conocido; más aún que Nicco, lo cual era decir mucho.

–Cuando tenía dos años, mi madre nos abandonó a mi padre y a mí.

Aquella revelación inesperada era tan dolorosa que Ann se estremeció en el asiento.

–Mi padre nunca acabó el instituto –prosiguió Riley–, pero él y su amigo Bart hacían acrobacias impresionantes con sus motocicletas. Actuaban en las ferias y ganaban lo suficiente para ir tirando. Uno de los propietarios del circo ambulante Rimini había ido a la zona de Los Ángeles en busca de nuevos talentos. Vio su número y les ofreció un trabajo en Italia. Me llevaron consigo, sin mirar atrás. Mi padre me comentó una vez que los habían contratado porque montaban motos Danelli. Curiosamente, fue el reportaje de *International Motorcycle World*, en cuya portada aparecía tu hermana montada en su Danelli, lo que me indujo a venir a Turín. Probablemente acaban de contratarme por la misma razón.

Aquello explicaba la camaradería instantánea que había surgido entre Nicco y Riley Garrow, se dijo Ann. Pero mientras que uno era príncipe de nacimiento, el otro había llegado al mundo en la pobreza.

Qué dura debía de haber sido la vida para él.

Nicco debía de haberse sentido instantáneamente conmovido al conocer la historia de Riley, hasta el punto de ofrecerle un puesto en el equipo de competición.

Lo que acaba de compartir con ella había cambiado para siempre la imagen que tenía de él.

Se aclaró la garganta.

–¿Llegaste a ver a tu madre ya de mayor? –inquirió. Pero no estaba destinada a oír la respuesta, porque ya habían llegado a la entrada de la reserva.

–Ahí está el chico –murmuró él. Ayudó al joven a instalarse en el asiento trasero con la jaula y se pusieron en camino.

Ann se volvió hacia el chico para sonreírle. Vio en su semblante una expresión estoica que ocultaba sus pensamientos, aunque sus ojos ya no parecían tan tristes como antes.

–¿Quieres preguntarle cómo se le ocurrió llevar la ardilla a la reserva?

Después de unos momentos de conversación, Riley explicó:

–De vez en cuando va a pescar al río que pasa junto a la finca. Vio el icono de la clínica en el cartel y se fijó en que la gente llevaba animales a la reserva.

–¿Cómo se llama?

Cuando Riley hubo formulado la pregunta, Ann oyó que su pasajero respondía:

–Boiko.

Había muchas cosas que deseaba preguntarle, pero era frustrante depender de Riley para comunicarse. No tardaron mucho en salir de los límites de la ciudad. Riley sabía exactamente qué dirección tomar y enfiló un camino que desembocaba en un campamento. Ann calculó que habría en él varios centenares de tiendas.

Riley se detuvo a un lado del camino y paró el motor.

–Será mejor que te quedes en el coche. Yo llevaré a Boiko a su casa.

–Todo esto fue idea mía. Quiero ir con vosotros.

Los ojos de Riley se clavaron en los de ella.

–No serás bien recibida.

–No me importa.

Sin mediar más palabras, Ann abrió su bolso y sacó un billete de cien dólares. Después se apeó del coche y abrió la portezuela trasera para cargar con la bolsa de comida. Riley agarró la jaula mientras el chico se bajaba con su nuevo conejo.

Para sorpresa de Ann, Boiko la señaló y negó con la cabeza mientras le decía algo a Riley.

Creyó comprenderlo.

–¿Por qué no quiere que vaya?

–Eres una *gadja* agradable, pero teme que su tío no te trate bien.

Ann se sintió conmovida por aquellas palabras. Sonrió al chico y luego se giró hacia Riley y le entregó la bolsa.

–Por favor, dile que vaya a la clínica si tiene algún problema con el conejo. Si no me encuentra allí, encontrará a mi hermana gemela. Es la veterinaria.

Riley se lo tradujo al chico y este asintió. Mientras permanecía allí de pie, sujetando la cesta con ambas manos, ella enrolló el billete de cien dólares y se lo puso debajo del dedo pulgar.

–Es para que le compres comida cuando se acabe la que te hemos dado –le dio un beso en la mejilla. Evitando la mirada inquisitiva de Riley, se metió de nuevo en el coche.

Los dos se alejaron y no tardaron en perderse entre la multitud de personas que vivía en el campamento. Ann, que esperaba que Riley tardase un rato, se sorprendió al verlo regresar al cabo de cinco minutos con la jaula y la bolsa de comida. Mientras se acercaba, vio que el conejo estaba dentro de la jaula.

Algo había ido mal. Notó que el estómago le daba un vuelco.

Aunque ardía en deseos de saber qué había ocurrido, percibió la renuencia de Riley a explicarlo. Como no deseaba aumentar su frustración, guardó silencio durante el viaje de vuelta a la ciudad.

A unos tres kilómetros de la reserva, él dejó escapar un profundo suspiro.

–Esos gitanos son refugiados, han viajado hasta aquí desde Eslovaquia. No creo que el hombre al que Boiko se refirió como su tío sea tal tío. Más probable-

mente se trata de un individuo que se ha autoproclama-
do jefe del grupo, y rechazó todo lo que le regalaste a
Boiko. Mi instinto me dice que al chico no le queda familia. Como precaución, le dije que se escondiera los
cien dólares en el zapato. Pero que Dios lo ayude si se
los encuentran.

Ann tragó saliva.

–¿Qué más le da a ese hombre que Boiko tenga un
conejito?

–Boiko tiene ciertos deberes que no incluyen ali-
mentar otra boca, aunque se trate de una mascota.

Ella hizo una mueca.

–¿Qué clase de deberes?

–Aportar comida de cualquier forma posible.
Hiciste cuanto pudiste, que es más de lo que cualquier
straneri ha hecho jamás por él. No olvidará tu amabilidad. Seguro que ya está alardeando ante sus amigos de
que una *gadja* con cara de ángel le dio un beso.
Mantendrá lo del dinero en secreto.

Ann agachó la cabeza.

–Debería ir a la escuela. Tendría que hacer algo.
Esas personas no deberían seguir viviendo en esas con-
diciones. ¡Es inaceptable!

–Estoy totalmente de acuerdo –murmuró Riley.

Absorta en sus pensamientos, Ann no reparó en que
Nicco y Callie no estaban solos hasta que Riley se detuvo delante del ala oeste del palacio. El otro coche alquilado no era conocido, pero el visitante con el cabello rubio oscuro era...

–¡Colin! –Ann medio jadeó su nombre. ¡Se había
olvidado por completo de que llegaba esa mañana para
visitarla!

Colin se acercó a su lado del coche y abrió la puerta.

–Ya era hora.

Su tono parecía malhumorado mientras tiraba de ella para estrecharla entre sus brazos. Le dio un beso en la boca delante de todo el mundo.

Ann estaba demasiado inmersa en sus atribulados pensamientos y apenas si notó el beso. Cuando Colin separó finalmente los labios de los suyos, sus claros ojos azules se habían ensombrecido. Por encima de su hombro, los ojos de Ann se encontraron con la hermética mirada de Riley. Este había rodeado el coche para unirse a ellos. Durante una fracción de segundo, sus facciones parecieron endurecerse. Luego dijo:

–¿No vas a presentarnos?

–Sí. Na... naturalmente –tartamudeó ella–. Colin, te presento a Riley Garrow, el nuevo miembro del equipo de competición de Danelli.

–Eso me han dicho.

Con aquel comentario mordaz Colin pretendía intimidar a Riley, pero no tenía ni idea de la clase de hombre al que se enfrentaba. La situación era tan tensa, que Ann apenas podía reaccionar.

–Riley, este es Colin Grimes. Escribió el reportaje que leíste en *International Motorcycle World*.

–Ya me parecía haber oído ese nombre –Riley sonrió y tendió la mano, obligando a Colin a estrechársela–. Hiciste un trabajo extraordinario. Ese reportaje me impulsó a venir desde Los Ángeles.

–La mayor parte del mérito le corresponde a Nicco –Colin dirigió a Ann una mirada acusadora–. No sabía que habíais hecho una película juntos.

–Riley tra... trabajó con Cory –a ella le falló la voz un instante–. Cuando lo doblaba en alguna escena, yo permanecía al margen, mirándolo horrorizada como todos los demás. Debo llevar el conejo al corral. Después podremos ir a dar un paseo.

La idea de permanecer con Colin un segundo más en presencia de Riley Garrow le resultaba insoportable.

–Yo me ocuparé –dijo Riley en tono desenvuelto, leyendo la mente de ella con una facilidad extraordinaria. Ann vio cómo sacaba la jaula y la bolsa del asiento trasero. Actuaba como si viviera allí. No era de extrañar que Colin se mostrase tenso y enojado.

–Muchas gracias –fue lo único que Ann consiguió decir antes de que Riley se alejase en dirección al corral. Deseosa de evitarle a Colin más dolor, le dio el brazo–. Demos un paseo por las montañas. Nos veremos más tarde –murmuró a Callie y a Nicco, quienes se dieron media vuelta para entrar en el palacio, pero no antes de que su hermana le dirigiese una mirada de conmiseración por la tarea que la aguardaba.

Colin rodeó su coche y la ayudó a instalarse en el asiento del pasajero. Se incorporó al tráfico de la autopista y luego tomó la primera salida que llevaba a las montañas.

Debieron de avanzar durante media hora antes de llegar a una pequeña aldea. Tras encontrar un lugar a la sombra debajo de un enorme pino, Colin estacionó el coche a un lado de la carretera.

Cuando se giró hacia Ann, su rostro estaba surcado de profundas líneas.

–Desde que salimos de la reserva he estado esperando que me digas algo. ¡Cualquier cosa! El hecho de que no tengas nada que decirme es más revelador de lo que piensas.

La verdad contenida en sus palabras hirió a Ann.

–Prefería esperar a que te detuvieras para poder mirarte mientras hablamos.

–Pues ya me estás mirando. ¿Qué es lo que ves? –dijo él.

–Veo a un hombre maravilloso que merece el amor de la mujer adecuada.

Colin dejó escapar un extraño sonido.

–El clásico argumento. Jamás creí que te oiría decir esas palabras.

–Ha llegado el momento de admitir la verdad, Colin, y la verdad es que conociste a mi hermana antes que a mí y te enamoraste de ella.

–¿De qué demonios estás hablando? –exclamó él, aunque Ann advirtió que evitaba mirarla a los ojos.

–Sabes exactamente de qué hablo –repuso ella–. Aquella noche en Prunedale, hace un año, cuando me hice pasar por Callie para que ella pudiese escapar de Nicco, me dio instrucciones muy precisas. Repetiré exactamente lo que me dijo: «Vais a cenar con un hombre muy atractivo llamado Colin Grimes, de la revista *International Motorcycle World.* Es de Londres y solía conducir motos de carreras. Ahora es el principal fotógrafo de la revista. Nicco estaba de muy mal humor cuando los dejé en la granja de Olivero, así que préstale más atención a él que a Nicco». Le dije que, por lo que parecía, su marido estaba celoso y le recordé que debía sentirse halagada por tal reacción. Eso significaba que Nicco estaba locamente enamorado de ella, como Callie esperaba. Pero por entonces mi hermana tenía demasiado miedo como para creerlo. En cuanto me reuní con Nicco y contigo, me di cuenta, por el modo en que reaccionaste, que los encantos de mi hermana ya te habían deslumbrado. ¡Y Nicco lo notó, créeme! Por eso aquella noche estaba de un humor imposible. Aún esperaba que Callie admitiera que estaba enamorada de él. Ya sabes lo que sucedió más tarde, cuando Nicco fue en su busca y le dijo que no podía vivir sin ella. Callie reconoció que lo amaba y regresaron a Italia para vivir aquí. Desde entonces todo les ha ido a las mil maravillas... Lamento que tú te quedases con la gemela defectuosa.

—¡Tú no eras la gemela defectuosa! —declaró él—. Jamás te habría pedido que te casaras conmigo si no te amase.

—Te creo, pero también sé que te enamoraste de mi hermana antes de conocerme a mí y descubrir que la había estado suplantando. Creo que, a un nivel inconsciente, esperabas que me convirtiese en Callie, la mujer que despertó tu pasión en primer lugar. Pero ambos sabemos que eso es imposible.

Colin se limitaba a mirarla fijamente, sabedor de que lo que decía era cierto.

—No pasa nada. Al principio, no me importó, porque no estaba preparada para entablar una relación seria con nadie. Que viviéramos tan alejados el uno del otro contribuyó a prolongar lo nuestro, pero jamás estuvo destinado a acabar en matrimonio.

—Lo siento, Ann —Colin parecía destrozado—. Te juro que nunca fue mi intención hacerte daño.

—No me lo has hecho. De haber estado verdaderamente enamorada de ti, habría dejado de verte inmediatamente antes que servir de plato de segunda mesa.

Al cabo de unos momentos de silencio, Colin dijo:

—Cambiaste durante el rodaje de la película. Y ahora encuentro al famoso especialista de Hollywood alojado bajo el techo de cuñado. Las chispas que saltaban entre vosotros dos hace un rato hablan con suficiente elocuencia.

—No es de los que se casan.

—Voy a decirte una cosa. A ningún hombre le gusta la idea del matrimonio hasta que la mujer idónea lo doma.

«Y yo voy a decirte otra, Colin Grimes. No existe mujer capaz de domar a Riley Garrow».

–Debimos haber tenido esta conversación hace un año, Colin. Ahora eres libre para enamorarte. Vuelve a Londres y encuentra a la mujer que has estado buscando. Será la más afortunada del mundo.

–Ann... –Colin le tomó la mano y posó un beso en el dorso–. Yo también te deseo la misma felicidad.

–Lo sé. Pero no todo el mundo está destinado a casarse y tener hijos.

–¿Cuándo piensas volver a Hollywood?

Ella agachó la cabeza.

–No lo sé con seguridad.

–Si te muestras tan insegura, es que debes de estar enamorada –Colin puso el motor en marcha y dio la vuelta con el coche para regresar a Turín.

–No quiero hablar de Riley.

–Me temo que no he sido yo el que ha mencionado su nombre. Detengámonos a almorzar en algún sitio, por los viejos tiempos.

–Me parece estupendo. Estoy hambrienta.

Dos horas más tarde, Colin la llevó de vuelta al palacio. Dado que ya no mediaban entre ambos presiones o sentimientos de culpabilidad, el rato del almuerzo fue el más agradable que Ann había pasado con él en varios meses. Colin lo llevaría bien. Saber aquello le permitió despedirse de él sin remordimientos.

Antes de entrar en el palacio, reparó en que la moto de Nicco no estaba. Tampoco había señal del coche alquilado de Riley, de lo cual se alegró.

Encontró a Callie en la cocina con Anna, preparando una comida a toda prisa. Al parecer, Nicco acababa de llamarla y le había pedido que llevase la cena al río un poco más tarde. Enzo y María también irían.

–Parece que los cuatro disfrutaréis de una velada romántica. Yo cuidaré de Anna para que podáis quedaros en la barcaza toda la noche. No tendréis que regresar hasta mañana. Ahora que Riley se ha ido, no tengo planes.

Callie negó con la cabeza.

–Nicco también te ha incluido en la velada. Ya le había dicho que probablemente romperías con Colin hoy. Esto servirá para animarte. Así que no lo decepciones. Además, sé que te encanta la barcaza.

Como todo lo que llevaba la marca Danelli, el circuito de pruebas situado detrás de la fábrica era una obra maestra de la ingeniería. Nicco escogió una NT-1 negra para que Riley la probase; luego, después de darle un casco y unos guantes, se retiró a su oficina y dejó a su nuevo piloto a su suerte.

Dado que disponía de todo el circuito para él solo, Riley se tomó su tiempo a la hora de probar la moto. Quería sentir los cambios que Nicco había introducido en la Danelli-Strada original. En primer lugar dio una vuelta para memorizar las curvas y los tramos rectos. La temperatura era perfecta, ni demasiado alta ni demasiado baja. Al mismo tiempo, trabajó con el embrague y se habituó al juego de pedales.

Una vez que se sintió cómodo, empezó a dar vueltas completas. Conducir aquella motocicleta era una verdadera gozada.

La creación de Nicco avanzaba con la facilidad y la suavidad de un misil, seduciéndolo casi con la misma intensidad que el roce de la piel de Ann contra sus labios cuando le había besado el cuello.

Su mandíbula se tensó cuando pensó que Ann ya había seducido a Colin Grimes antes de que él apareciera en escena y se viera consumido por aquel fuego. Un fuego que se negaba a extinguirse y que ardía cada vez con más fuerza.

Diablos.

Riley empezó a aumentar la velocidad para ver de lo que era capaz aquel monstruo. No tardó mucho en perder la noción del tiempo. Habría dado muchas más vueltas de no haberse agotado el carburante. Al recorrer la última curva, vio a Nicco en la puerta. Cuando se detenía, notó que un brillo de satisfacción centelleaba en sus ojos negros.

Riley se quitó el casco.

—La moto es perfecta. Es como si todos mis sueños de la infancia se hubiesen hecho realidad.

—Celebro que lo hayas disfrutado.

—«Disfrutado» es poco. Ann me dijo que renunciaste a la corona para diseñar este cacharro. Tal vez la monarquía nunca sepa ni aprecie lo que has hecho por el mundo del motociclismo, pero, por si te sirve de algo, estoy admirado de tu genio, Nicco.

—Iba a decir lo mismo de tu forma de conducir —Nicco lo observó con atención—. Has hecho una media de un minuto, veintiséis segundos y sesenta y seis décimas por vuelta. Mejor tiempo que Vittore Lotti en las dos carreras de prueba que ganó el mes pasado en Misano. Hasta ahora, Vittore había sido nuestro mejor corredor. Después de lo de hoy, tengo una noticia para ti. Serás nuestra arma secreta en Ímola el día veintinueve de este mes.

Sorprendido y halagado al saber que Nicco quería que estuviese presente en el circuito internacional de carreras a finales de septiembre, Riley se bajó de la moto y la empujó hacia el garaje donde estaban aparcadas las demás motocicletas de carreras.

–El lunes firmarás el contrato y te presentaré a los demás miembros del equipo. Podrás utilizar la moto de paseo que quieras para venir a trabajar. Supongo que querrás buscar un sitio donde vivir.

–Pensaba dedicar el fin de semana a eso.

–Bien, pues conozco un sitio que tiene escrito el nombre de Riley Garrow.

Riley respiró hondo.

–¡Basta ya, Nicco! Probablemente eres el hombre más generoso que he conocido, pero no puedo aceptar tanto. Me contrataste antes de saber cómo me desenvolvía en el circuito. Me has llevado a tu casa y me has tratado como a un... príncipe. Ya te debo mucho. Buscaré un apartamento.

–El sitio del que hablo no es un apartamento ni nada que se le parezca.

–Si te refieres al palacio, imposible.

–Antes de decir nada más, espera a ver lo que tengo en mente. Si no te gusta, entonces podrás buscarte un apartamento.

Aquel hombre era capaz de mover montañas, y seguramente lo hacía a diario. Riley lo complacería hasta que llegaran al sitio en cuestión. Luego le daría las gracias y declinaría el ofrecimiento.

De nuevo, Riley siguió a Nicco hasta Turín. Antes de llegar a la finca, Nicco efectuó un giro a la izquierda, en dirección al río, y tomó un camino particular que desembocaba en un apartado puerto deportivo.

Para sorpresa de Riley, subió con su moto por la tabla de una barcaza amarrada al muelle. La impecable maniobra arrancó a su seguidor una sonrisa.

–Aparca el coche y sube a bordo del *Serpentine* dijo Nicco alzando la voz.

Intrigado, Riley así lo hizo.

–Aunque durante un tiempo tuve un apartamento no lejos de aquí, estaba barcaza ha sido mi hogar durante los últimos diez años. Era mi refugio cuando me cansaba del mundo. La remodelé y trabajé en ella siempre que tenía un rato. Cuando Callie apareció en mi vida, pasamos tres días de luna de miel aquí y estuvimos a bordo gran parte de nuestro primer año de casados. Tiene todas las comodidades de un hogar, con el añadido de que ofrece una intimidad total, y puede navegar por cualquier vía de agua. Desde que nació Anna no la utilizamos. Jamás me desharé de ella, y tengo intención de disfrutarla en el futuro, pero de momento está disponible. En realidad, no deseo que la utilice nadie que no la aprecie como la aprecio yo –añadió Nicco con voz ausente.

Solo había habido un lugar que Riley hubiese considerado su hogar, un lugar donde había conocido la felicidad: el carromato gitano de Mitra. Por extraño que pudiera parecer, aquella barcaza que Nicco había convertido en un hogar flotante le transmitía las mismas vibraciones. Un príncipe que había renunciado a su título a fin de llevar una vida normal, había encontrado un poco de felicidad allí.

Dios, Riley se sentía tentado...

–Adelante, echa un vistazo mientras yo pongo la mesa. Callie no tardará en llegar.

–¿Callie va a venir?

–Sí, le he pedido que traiga la cena. Nos acompañarán mi hermano y su esposa. Se me ocurrió llevarte a dar un corto paseo. De noche Turín se ve preciosa desde el agua.

CAPÍTULO 5

QUÉ HACE ahí el coche de Riley Garrow? —exclamó Ann mientras Callie conducía por el camino particular en dirección al río.

—No tengo ni idea —su hermana detuvo el coche detrás del de Enzo.

Ann sintió que el corazón se le escapaba del pecho.

—¿Nicco te dijo que había invitado también a Riley?

—No. Dijo que tenía trabajo en la oficina. Luego vi que Riley salía del palacio con su maleta. Supuse que iría a buscar un hotel. Estoy tan sorprendida como tú.

Ann la creyó.

—¿Qué le pasa a tu marido, Callie? Nunca lo he visto tratar a sus empleados como si fueran parientes suyos —su voz tembló—. No quiero ver a Riley. Volveré al palacio con Anna.

—Si te vas, Nicco se sentirá herido —Callie salió del asiento del conductor y procedió a sacar a Anna de su sillita—. Creo que no eres consciente de lo mucho que te quiere. Eres mi única familia, y movería cielo y tierra con tal de hacerte feliz.

—Lo sé.

—Pues debes saber algo más que Nicco me dijo anoche en la cama.

—¿Qué?

—Sintió un fuerte vínculo con Riley en cuanto se enteró de que su padre era el Cohete Humano.

–¿Por qué?

–Cuando contaba cinco o seis años, Nicco tenía una niñera favorita que lo llevaba al circo. Según me ha dicho, el circo llegaba a Turín cada primavera. Nicco lo esperaba con ansiedad para ver a Rocky Garrow, una de las estrellas que hacía números fantásticos con su motocicleta.

–Dios santo –susurró Ann. ¿El vínculo se remontaba a una época tan lejana?

–El padre de Riley era un soberbio motociclista que siempre utilizaba una Danelli-Strada en sus actuaciones. De ahí nació el amor de Nicco por las motos. Creo que, inconscientemente, se siente en deuda con el padre de Riley. Por eso todo lo que haga por el hijo le parece poco.

Dicha explicación hacía que encajaran más piezas del rompecabezas. Pero no aliviaba la desazón de Ann. No podía dejar de pensar en aquel hombre. Cada vez que estaban juntos, deseaba saber más cosas de él.

Pensar en Riley era casi tan peligroso como estar con él. Ann no podía olvidar cómo se había sentido cuando la rodeó con sus brazos, ni el fuego que estalló en su interior cuando le besó el cuello. Aterrada ante la idea de pasar una velada con Riley, se bajó del coche y fue hasta el maletero para sacar la cena. Su única defensa consistía en mantenerse ocupada para no pensar.

–Algo huele deliciosamente bien.

Ella contuvo la respiración.

Riley.

Su poderoso muslo rozó el de Ann. Ella imaginó que había sido un roce accidental y trató de no reaccionar a su contacto, pero este era tan íntimo que su cuerpo tembló.

–Sí, la cena será deliciosa, porque la ha preparado Callie –respondió.

–¿Podemos ayudar en algo?

Enzo y María habían llegado. Con manos temblorosas, Ann señaló la nevera llena de bebidas. Enzo la alzó con facilidad y luego siguió a Riley, que llevaba una bandeja, hacia la barcaza.

Ann le dio a María las bolsas que contenían las patatas con mantequilla, pero la Princesa no se marchó. En un inglés perfecto, dijo a Ann:

–El *signore* Garrow... es muy, muy atractivo. El hombre más guapo que he visto nunca –Ann reprimió un gemido–. Por favor, no se lo digas a Enzo. Heriría sus sentimientos.

–No te preocupes. Mis labios están sellados.

–¿Qué significa «sellados»?

–Que tu secreto está a salvo conmigo.

–Ah. Cuando gane el primer campeonato, todas las mujeres se volverán locas por él. Incluso a mí me ha enamorado un poco, Ann. Es un hombre tan excitante... –siguió diciendo María, extasiada–. Le he dicho a Enzo que tenemos que ir a Ímola para ver su primera carrera.

Aquello arrancó a Ann un gemido ahogado. Sintió como si una daga le hubiese hendido el corazón. ¿Nicco ya había incluido a Riley en el programa del equipo?

–¿Cuándo es la carrera?

–Dentro de dos semanas.

Eso significaba que Riley se marcharía antes para participar en las pruebas clasificatorias. La noticia debería haber aliviado a Ann. Sin embargo, saber que él estaba a punto de hacer algo que podía costarle la vida la llenó de temor.

–Callie y Nicco piensan ir también. Deberías acompañarnos, si sigues aquí para entonces.

–Os... os acompañaría si no tuviera otros planes.

No era una mentira..., no exactamente. Tenía que buscarse un medio de ganarse la vida, algo que la mantuviese ocupada y le impidiese pensar en la horrenda muerte que podría sufrir Riley si otra moto chocara con él o se estrellara contra una pared y estallara en llamas.

–Ve delante, María. Yo llevaré la ensalada y el postre.

Los ojos castaños de la Princesa la miraron con preocupación.

–¿Te encuentras bien? Nicco me dijo en privado que has roto con el *signore* Grimes. ¿Es eso cierto?

Colin otra vez.

Ann no había vuelto a pensar en él desde que la había dejado en el palacio. Lo que demostraba hasta qué punto Riley había invadido su mente.

–Sí. Pero si me ves rara es porque he decidido dejar la interpretación y buscar otro trabajo.

–¿Aquí en Turín? –María parecía complacida. Era un encanto. Nicco siempre lo decía, y Ann estaba de acuerdo.

–Todavía no lo sé. Se-será mejor que nos demos prisa y subamos a bordo o Nicco bajará a buscarnos. Callie seguramente estará ocupada saciando su apetito.

María dejó escapar una risita.

–Los hombres Tescotti son de buen comer.

Igual que Riley.

Media hora más tarde se había consumido hasta la última migaja de la cena. Mientras le daba el biberón a la niña, Ann había visto cómo la brillante nueva estrella del equipo Danelli daba cuenta de varios rollos de carne. Entre bocado y bocado, María lo había bombardeado a preguntas sobre sus viajes. Todos escucharon las respuestas con embelesada atención. Finalmente, Nicco propuso iniciar el paseo antes de que se hiciera demasiado tarde.

Mientras Riley se retiraba con Nicco a la sala de máquinas, Enzo soltó las amarras. Callie y María se ocuparon en fregar los platos. Ann se ofreció voluntaria para acostar a la niña en el dormitorio del barco. Por una vez, el príncipe Alberto, de ocho meses de edad, se había quedado al cuidado de sus abuelos.

Ann apagó la lámpara y se echó al lado de la pequeña. Daba gusto estirarse en la enorme cama de matrimonio. La pequeña era tan adorable, que Ann no quería que se durmiera. No obstante, el balanceo de la barcaza conforme la corriente los arrastraba río abajo surtió el efecto de un somnífero. Los párpados de Anna no fueron los únicos que se cerraron.

Cuando Ann volvió a tener noción de lo que la rodeaba, no había balanceo ni sonido alguno de voces. La habitación estaba en penumbra.

Aún adormilada, alargó la mano para tocar a la niña, pero su mano encontró un cuerpo mucho más voluminoso. Un cuerpo con músculos de acero. Ann gritó alarmada.

Se encendió una luz que reveló a Riley semiacostado en la cama, mirándola con ojos empañados. Se había puesto otra camiseta y un pantalón de chándal. Debía de haberse duchado en el barco. Su pelo negro aún estaba húmedo, con rizos pegados a las sienes. Ann percibió el olor del jabón que había usado.

Su sensualidad masculina la abrumó. Aturdida, se incorporó poniéndose de rodillas. Con manos trémulas se apartó la larga melena rubia de la cara para poder mirar el reloj.

—¿Las siete de la mañana? —sus ojos se desviaron rápidamente hacia los de él—. ¿Por qué no me despertó nadie anoche?

—Estabas tan profundamente dormida, que le dije a

Callie que te llevaría a casa más tarde. Como ves, ese «más tarde» nunca llegó. Callie dijo que necesitabas descansar después de haber pasado un día tan difícil con Colin.

Ann notó que el calor invadía sus mejillas.

—¡No he tenido ningún día difícil!

—La verdad es que no era el hombre adecuado para ti.

—¡Ya lo sé! —replicó ella antes de comprender lo reveladoras que eran sus palabras. Pero ya era demasiado tarde para disimular—. Se enamoró de Callie antes de conocerme a mí.

—Ya he oído lo de la suplantación de identidad.

Dios santo, ¿Nicco se lo había contado todo? ¡Por lo visto, no había nada sagrado!

—A Colin le gustábamos las dos.

—El beso que te dio así lo demostraba, aunque me di cuenta de que tú no ponías mucho entusiasmo. Es evidente que te has fijado en otro. ¿De quién se trata? —le agarró el brazo y, con un mero tirón, ella cayó sobre su pecho.

El brillo perverso que emitían sus ojos hizo que el corazón de Ann diera un vuelco.

—No, Riley...

—Calla —dijo él contra sus labios—. No lo estropees. Ambos hemos estado esperando este momento desde aquel día en el plató —le enmarcó el rostro con las manos y cubrió su boca con la de él. Ann no podía escapar de aquella invasión total de sus sentidos. Acurrucada contra su recio cuerpo, sentía un placer exquisito. Casi insoportable.

Riley se giró para colocarse encima de ella y profundizar el beso. Ann jadeó extasiada y se aferró a él, incapaz de impedir lo que estaba ocurriendo.

Una vez Callie le había dicho que besar a Nicco era como verse consumida por el fuego. Ann no había entendido la experiencia de su hermana. De hecho, temía no conocer nunca esa clase de pasión irracional que arrastraba a una persona en cuerpo y alma.

Pero eso era porque aún no había conocido a Riley Garrow.

Él hacía que se sintiera viva por primera vez en su existencia. Los veintiocho años anteriores no habían sido nada más que un preludio.

Su boca le hacía cosas increíbles.

–Riley... –jadeó ella febrilmente.

–Lo sé –gruñó él–. Yo siento lo mismo que tú –había leído su mente–. Veinticuatro horas no será suficiente para nosotros. La única solución es casarnos.

Ella abrió rápidamente sus ojos verdes, sorprendida.

–Casarnos...

–Para mí también es un concepto extraño...

El comentario la hizo pedazos. Inhaló aire temblorosamente.

–Yo no quiero casarme contigo.

Los ojos plateados de Riley parecieron sondear los rincones más recónditos de su ser, provocando un voluptuoso estremecimiento en todo su cuerpo.

–Yo tampoco quiero casarme contigo, pero solamente de ese modo podré acostarme con una mujer como tú. Dado que ambos nos morimos por hacerlo, no tenemos elección...

Ann se ruborizó.

–¡No me dormí al lado de la niña como una especie de invitación!

Él emitió algo parecido a un profundo ronroneo.

–Esa invitación tuvo lugar hace mucho tiempo, la primera vez que nos miramos a los ojos. Ah, ah, ah –la silenció con otro beso devastador–. No insultes mi inteligencia negándolo. Una vez que nos casemos, el fuego arderá hasta extinguirse. Siempre sucede así. Pregúntale a mi padre, cuya pasión lo llevó a casarse tres veces. Y una tras otra sus esposas desaparecieron cuando la pasión se hubo extinguido.

–Riley... –exclamó ella apenada, al pensar en cómo su madre lo había abandonado, pero él siguió hablando.

–Cuando hayamos saciado el deseo de irnos a la cama, podremos contemplar nuestra situación racionalmente. Podrás divorciarte de mí. Nos separaremos sin que queden rencores.

–¡Eso es horrible!

El hombre cínico y atractivo que la sostenía entre sus brazos la aterraba. No obstante, al mismo tiempo, Ann lloró por el niño que había en su interior y que debía de haber sufrido tantos traumas mientras crecía.

Él encogió con elegancia sus anchos hombros.

–Es mejor que vivir en pecado. Eso me dijo la hermana Francesca.

Ann se quedó mirándolo.

–¿Quién es la hermana Francesca?

Sus ojos grises adquirieron la suavidad de la bruma matinal del océano.

–La religiosa que me cuidó en el hospital. Temía que mi alma corriera peligro y me aconsejó que sentara cabeza con alguna mujer que me cautivase. Según dijo, era la única forma de redimirme. Reflexioné sobre ello –la boca sensual de Riley se curvó–. No imaginaba que la señorita Annabelle Lassiter sería la primera mujer con la que me encontraría tras separarme de la hermana Francesca.

De repente, unas profundas líneas surcaron sus atractivas facciones.

–Tú y yo sabemos que aquel día hiciste algo más que cautivarme. Soy tuyo –susurró ferozmente antes de darle un beso largo e intenso.

Estaba loco.

Aun así, Ann lo deseaba hasta tal punto que dejó a un lado su instinto de autopreservación. Parecía que era ella la que había enloquecido con las necesidades que él había despertado en su interior.

–Piénsatelo bien antes decir sí o no –susurró Riley enterrando el rostro en su cabello–. De tu respuesta dependerá que me quede o me vaya.

¿Irse?

Su amenaza la llenó de consternación. Gimió, confusa, y trató de incorporarse, pero él la sujetó.

–Riley... No comprendo...

Los ojos de él se habían oscurecido.

–Eres una mujer inteligente. Seguro que lo entiendes.

Ann aferró sus hombros, horrorizada.

–Pero... pero no puedes irte de Italia ahora. ¡Nicco te ha contratado para que corras con el equipo!

–Aún no hay nada firmado.

Ella empezó a asustarse.

–¡Te invitó a su casa! ¡Te trató como si fueras... de la familia!

–Y he disfrutado cada minuto. Pero recuerda que Nicco posee una mente privilegiada para los negocios y se lo tomará con calma cuando le diga que debo buscar trabajo en otro sitio por motivos personales. Es un hombre extraordinario, lo comprenderá.

Ann meneó la cabeza, aterrada.

–¡No serías capaz de hacer tal cosa!

Riley le besó las comisuras de la boca, haciéndola enloquecer de deseo.

–En este último año he recibido ofertas de dos compañías importantes. Tan solo he de hacer una llamada de teléfono.

A los ojos de ella afluyeron lágrimas de furia.

–Después de todo lo que Nicco ha hecho por ti, ¿serías capaz de correr para la competencia?

–Un hombre tiene que ganarse la vida.

La mueca que hizo convenció a Ann de que hablaba en serio. Esta recordó lo que Callie le había contado en el coche. Sabía que existían razones de peso, relacionadas con el padre de Riley, por las cuales Nicco se había desvivido por este. Si Riley rechazaba su oferta para colaborar con una empresa rival, su cuñado se sentiría muy dolido. Lo último que Ann deseaba era que sufriera semejante golpe.

Los había observado a los dos durante la cena. Parecían viejos amigos que se sentían a gusto juntos y disfrutaban con las mismas cosas.

En opinión de Ann, lo peor del mundo era llevarse una decepción con una persona. Nicco se había portado maravillosamente con ella. Pensar que un hombre al que su cuñado admiraba pudiera decepcionarlo de esa manera la ponía enferma.

¿Cómo se atrevía Riley a ponerla en aquella tesitura?

–¡Esto es un chantaje!

–Llámalo como quieras –respondió él en tono despreocupado.

Ann apretó los puños.

–Si cometiera la estupidez de casarme contigo, ¿dónde viviríamos?

–Aquí mismo –contestó Riley.

–¿En la barcaza?

–Sí. Ahora es mi hogar.

Ella reunió las fuerzas necesarias para apartarlo de sí e incorporarse.

–¿Nicco te ha cedido su refugio favorito?

–Digamos que me hizo una oferta demasiado tentadora como para rechazarla. Así que acepté alquilársela por tiempo indefinido.

Si Nicco confiaba en Riley hasta ese punto, debía de sentir por él un afecto más profundo de lo que ella había sospechado.

La sobrecogió un nuevo temor.

–¿No querrás decir hasta que te mates en una de tus intrépidas maniobras en el circuito?

Él dejó escapar una risotada.

–Si para entonces no nos hemos divorciado, un accidente mortal resolverá el problema. Mientras tanto, nos amaremos tanto como podamos. Cuando no esté trabajando, seré todo tuyo, cariño.

–No me llames «cariño» –Ann se separó de él y se levantó. La barcaza estaba amarrada al muelle, pero su cuerpo temblaba tanto como si se hallasen a la deriva en medio de un huracán.

Un silencio preñado de tensión reinó en el cuarto.

–¿Significa eso que tu respuesta es no? –Riley yacía como una estilizada pantera negra que observase a su presa con sus ojos feroces antes de atacar.

Ella sintió que el corazón le martilleaba el pecho.

–¿Necesitas una respuesta ahora mismo? –inquirió.

–Si hubieras pasado dos meses inmóvil en un hospital, como yo, entenderías mi impaciencia por empezar a vivir –con la rapidez del relámpago, Riley se levantó y tomó las llaves que había sobre la cómoda–. Vamos, te llevaré al palacio.

El corazón de ella latía fuertemente con cada paso que daba mientras seguía a Riley a través de la cabina hasta la parte delantera de la barcaza. Él colocó la tabla en su lugar para que ella pudiese llegar hasta la orilla. No obstante, antes de que Ann bajase, él la tomó en brazos y la llevó hasta el coche como si no pesara nada.

Después de dejarla en el asiento del pasajero, le besó el pulso que latía descontroladamente en la base del cuello. ¡Maldito fuera por saber dónde y cómo tenía que tocarla para encender su deseo!

Una vez que se hubo instalado detrás del volante y arrancado el motor, Riley no volvió a mirarla. Cuando se incorporaron a la autopista, Ann observó que el sol ya despuntaba en el horizonte. Había amanecido otro día radiante, aunque ella sentía demasiada aprensión como para disfrutarlo.

Riley, en cambio, parecía completamente relajado. Conducía como si el vehículo formase parte de él, aunque Ann percibía cierta determinación en la disposición de su cuerpo que la ponía nerviosa. Cuanto más se acercaban a la reserva, sin intercambiar palabra, tanto más inquieta se sentía.

Si no aceptaba casarse con él, ¿sería capaz de renunciar a sus planes de integrarse en el equipo Danelli?

Se detuvieron ante la entrada del ala oeste del palacio. Ann vio con horror cómo Riley se bajaba también del coche. Se giró alarmada.

—¿Adónde vas?

—Adentro. Anoche tu hermana me invitó a desayunar. Será la ocasión perfecta para comunicarle a Nicco mi decisión de fichar por otra compañía.

Dicho eso, subió la escalinata y entró en el palacio. Ann lo siguió trabajosamente, aterrorizada por lo que pudiera hacer. Tuvo que correr para igualar sus largas zancadas.

—¡Qué bien que hayas venido, Riley! —oyó Ann decir a su hermana cuando él hubo atravesado las puertas del comedor.

–Llegas justo a tiempo para degustar los buñuelos de manzana de mi esposa –añadió Nicco–. Mientras comemos, podremos repasar los resultados de la última carrera celebrada en Assen, Holanda. A todo esto, ¿dónde está Ann?

Ann irrumpió en la habitación con tal ímpetu, que la puerta se estrelló contra el tope. El ruido reverberó por todas partes, haciendo que los perros comenzaran a ladrar.

Su familia la miró con estupefacción.

–Lo... lo siento –su voz titubeó–. Ha sido sin querer.

Nicco sonrió burlón.

–Debes de tener mucha hambre esta mañana. Ven y siéntate.

Riley siguió en sus trece.

–Callie… Disculpa, pero quisiera, si es posible, hablar en privado con tu marido un momento.

Se hizo el silencio en la habitación.

–No faltaba más –Callie se levantó de la silla–. Iré a la cocina a preparar más buñuelos. Ven a ayudarme, Ann.

–No...

Tanto Callie como Nicco la miraron como si fuese aquella la primera vez que la veían. Riley seguía de espaldas a ella. Si no lo detenía en ese instante, haría daño a las dos personas que más amaba en el mundo.

–Lo siento –volvió a decir–. Parece que nada está saliendo bien. Riley tiene la anticuada idea de que debe hablar con un pariente varón para pedir mi... mano –vio que la expresión de Callie cambiaba, y se llenaba de alegría–. Dado que papá murió, insiste en hablar contigo, Nicco.

Su cuñado los observó a ambos durante largos instantes.

–Tienes todo el derecho a pensar lo que estás pensando –dijo Riley en tono grave–. Pero respeto a Ann demasiado como para anticiparme a nuestros votos. La verdad es que esperé a que Ann se despertara para traerla a casa. No regresó al mundo de los vivos hasta las siete de esta mañana. Desde entonces, hemos estado hablando de nuestros sentimientos.

Ann cerró los ojos con fuerza. Estaba diciendo la verdad.

–De no ser por el accidente que sufrí, nos habríamos unido mucho antes. Pensamos casarnos lo antes posible. Sería maravilloso contar con vuestra bendición.

Nicco ladeó la cabeza.

–Dado que yo secuestré a mi esposa y la mantuve cautiva durante un mes mientras la cortejaba, sería el último en cuestionar tu decisión –se volvió hacia Callie y tomó su mano para besarla–. ¿Qué crees que diría tu padre, cariño?

–Mi padre pensaba que no existían hombres lo suficientemente buenos para sus chicas. Claro que no os conocía ni a ti ni a Riley –después de besar a su marido en los labios, Callie rodeó la mesa–. Bienvenido a la familia, Riley. No podría sentirme más feliz –le dio un fuerte abrazo.

–Lo mismo digo –Nicco se levantó y le estrechó la mano–. Si necesitáis un sacerdote, el padre Luigi está disponible. Él casó a mi hermano Enzo.

–¡Sería perfecto! –exclamó Callie, rodeando a los dos hombres con los brazos–. Enzo y María querrán ser testigos. Y también tus padres. Necesitaremos una semana, más o menos, para organizarlo todo.

Riley se giró hacia Ann, que había estado observándolos a los tres desde lejos. Verdaderamente era el hombre más atractivo del mundo, se dijo Ann. Jamás se cansaría de mirarlo, ¡y él lo sabía!

«Recuerda que el matrimonio será solamente temporal», se advirtió en silencio.

Como había expresado Riley, una vez que saciaran su deseo físico, todo habría terminado. Ann se preguntó cuánto duraría en Riley ese deseo. Probablemente no más de veinticuatro horas.

—Para mí estará bien lo que tú decidas, cariño. ¿Te parece bien el sábado? —preguntó él.

Los ojos plateados de Riley se clavaron en los de ella, desafiándola a decir que no.

Abrumada por aquella increíble realidad, ella se vio obligada a asentir.

—¿Tendrás tiempo de invitar a las personas que quieres que asistan?

Él le hizo esa pregunta porque su familia los estaba escuchando. Esperaban que se comportase como una novia entusiasmada con los preparativos.

—Sí.

Ann notó que su corazón comenzaba a martillearle el pecho. Deseó preguntarle si entre esas personas estaría su madre, pero no se atrevió.

Era verdad. ¡Realmente iba a ser su esposa!

CAPÍTULO 6

LA SEMANA siguiente transcurrió en un frenesí de preparativos orquestados por Callie, que estaba loca por Riley. Ann no quería comprarse ropa nueva, pero su hermana insistió en que hiciera algunas compras para aumentar su vestuario. Compraron el vestido de novia el miércoles.

–Voy a decirte una cosa, Annabelle Lassiter. ¡No te casarás vestida con unos vaqueros y una blusa vieja, como yo! –su hermana hizo hincapié en ello–. Esta gasa blanca es de ensueño y parece hecha para ti.

A Ann también le gustaba. Lo último que deseaba era un traje de novia convencional. A Riley le parecería risible.

Aquel vestido de gasa, de un largo normal, cuello alto y manga larga, sería suficiente. Entregó al dependiente su tarjeta de crédito.

–Creo que una corona de flores le iría perfecta a tu cabello.

–Celebro que lo digas, porque no tenía intención de ponerme velo.

Callie sonrió.

–Bueno, me parece que ya está todo. ¿Has pensado qué vas a comprarle a Riley como regalo de boda?

–To... todavía no –tartamudeó Ann. Probablemente él se reiría de cualquier regalo que escogiera. Nunca olvidaría lo que le había dicho: «Yo tampoco quiero casarme contigo, pero solamente de ese modo podré acostarme con una mujer como tú».

Nunca olvidaría que le había hecho chantaje para someterla a su voluntad...

–María cuidará de Anna durante todo el día, así que podemos comprar el almuerzo e ir a la oficina de Nicco a comer. Él te sugerirá algo.

Ann no había pasado ni cinco minutos con Riley desde la mañana en que la había obligado a decirle a su familia que iban a casarse. Según Nicco, pasaba el día en el circuito de pruebas y después se iba a la barcaza en su nueva moto de paseo. Se había comprado un teléfono móvil y llamaba a Ann todas las noches. Sus conversaciones eran tremendamente cortas, dado que ella tenía poco que decirle.

Callie había insistido en que su hermana se comprase también un móvil. Sería el único medio que tendrían las hermanas de permanecer en contacto cuando Ann viviese con Riley en la barcaza.

No tardaron en llegar a la oficina de Nicco desde el centro comercial. La idea de ver a Riley hizo que a Ann se le acelerase el corazón, aunque casi se le detuvo cuando Nicco mencionó casualmente que Riley había salido de la ciudad para atender un asunto personal y que no volvería hasta el sábado.

Cuando hubo terminado de almorzar, Nicco le sonrió desde su silla giratoria.

–Estoy seguro de que le gustará cualquier cosa que le regales. Aquí tenemos unos cronómetros perfectos para un corredor profesional.

–Supongo que Ann querrá algo más romántico, cariño.

Los ojos negros de Nicco se desplazaron desde los de su esposa hasta los de Ann.

–Romántico... –se inclinó hacia delante–. Dadme tiempo para pensar en algo. Volveré a casa temprano.

Fiel a su palabra, Nicco entró en la cocina a las cuatro, mientras Callie preparaba la cena. Estaba intentando convencer a Ann para que se mudara al ala este del palacio con Riley pasado un tiempo.

Callie se estaba portando maravillosamente y estaba siendo muy generosa, pero no comprendía que su matrimonio con Riley no sería un matrimonio normal. Además, no era un hombre que aceptase vivir a expensas de nadie. Nicco les explicó que había insistido en pagarle el precio íntegro de la moto de paseo que había elegido para ir al trabajo. Se había negado a aceptar una moto gratis por el simple hecho de formar parte del equipo de competición.

Nicco no les habría comentado el detalle si no admirase a Riley por sus principios. Este también había demostrado su talante independiente cuando informó a Ann de que no alquilarían la barcaza durante mucho tiempo. Ella ignoraba qué tenía en mente, pero intuía que la posibilidad de mudarse al palacio no le agradaría.

Después de besar a su esposa, Nicco se acercó a Ann y le rodeó los hombros con el brazo.

–Ya he decidido cuál sería el regalo perfecto para Riley. Acompáñame afuera.

–¡Esperadme!

Callie los siguió por el palacio y a través de las puertas del ala oeste. Nicco aminoró el paso al tiempo que Ann veía una moto de paseo nueva, de color violeta y azul lavanda. Nicco la había aparcado junto a su enorme motocicleta roja. Encima del asiento había un casco y unos guantes azules.

Ann parpadeó.

–No comprendo.

–Callie y yo te enseñaremos a montar en moto. Riley sabe lo mucho que detestas las motocicletas. Se llevará toda una sorpresa si aprendes para que podáis dar pequeños paseos juntos. Es uno de los placeres de la vida.

Ann notó una sensación de ansiedad en la boca del estómago.

–No, Nicco... ¡No sería capaz!

–No aceptaré esa respuesta –repuso él. Ann jamás lo había oído hablar en un tono tan severo–. Callie dice que un conocido tuyo del instituto se mató en una motocicleta y que eso te aterrorizó. Puedo entenderlo. Pero también me ha dicho que ese chico tenía dieciséis años y que era la primera vez que montaba en moto. No llevaba protección alguna y condujo por la autopista sin saber lo que hacía. Son esos accidentes evitables los que dan mala prensa a las motos.

Ann solo había visto a Nicco tan serio una vez. La noche en que no podía encontrar a Callie.

–Tu futuro marido es un verdadero profesional. No ha sobrevivido hasta los veintinueve años sin saber exactamente lo que hacía en todo momento. Rocky Garrow fue, probablemente, el mejor maestro que podría tener un motociclista. Riley es hijo suyo y ha heredado la intuición de su padre. Al menos, inténtalo. Si descubres que no te gusta, entonces no habrá más que hablar. Pero no permitas que ese accidente que sufrió un chico hace años te impida disfrutar de una experiencia que podrías llegar a amar tanto como la ama tu marido.

«No va a ser mi marido durante mucho tiempo, Nicco».

Aunque no lo perdiera en un accidente, lo perdería

cuando él decidiera que deseaba estar con otra persona.

–¿Ann? –urgió Nicco–. ¿Has oído algo de lo que te he dicho?

–Sí, Nicco –respondió ella en tono dócil.

–Si no para otra cosa, te servirá para comprender mejor a tu marido. Eso es fundamental para que un matrimonio funcione.

«Él no me ama. Por eso el matrimonio no funcionará».

Ann respiró hondo. Nicco nunca le había pedido nada, salvo aquella vez que la obligó a decirle dónde se escondía Callie. Fue una noche que Ann jamás olvidaría.

Después de todo lo que Nicco había hecho por ella, ¿tenía otra alternativa que complacerlo?

Callie permanecía callada. Ann no necesitaba mirar a su hermana gemela para comprender lo mucho que eso significaba para ella.

–¿Por qué has elegido una de color violeta?

–Porque sorprendí a Riley observándola con admiración el otro día.

–¡Ah, qué bien! –exclamó Ann con frustración–. ¿Qué es lo primero que tengo que hacer?

Jamás había visto a dos personas dar explicaciones con tanta rapidez.

Tardó un poco en habituarse al casco.

Mientras aprendía a manejar el embrague, recordó las penosas experiencias en la granja, cuando su madre le enseñaba a cambiar las marchas de la camioneta. A Ann le agradaba la idea de poder controlar con las manos los frenos y el embrague.

Después de aprender a poner en marcha el motor, fue acostumbrándose a circular. Lo más difícil era mantener los pies en los pedales. Sentía continuamente el impulso de extender las piernas para evitar una posible caída.

No tardó en conducir en grandes círculos alrededor del jardín, delante de su hermana y su cuñado. Debía admitir que era divertido, aunque no pensaba decírselo a ellos. Todavía no. Apenas estaba empezando. Comparada con Riley y con su forma de conducir en el circuito, se sentía como una niña pequeña tratando de manejar su primer triciclo.

Ya había oscurecido cuando dio la última vuelta. Después de parar el motor y desplegar el pie de apoyo, se quitó el casco y los guantes y se los entregó a Callie.

—Estoy cansada. ¿Puedo entrar ya en la casa?

Nicco la alzó de la moto y dio una vuelta con ella entre sus brazos.

—Esta es mi chica. ¡Sabía que podías conseguirlo! Mañana correremos juntos en el circuito. También te daré un paseo con mi moto para que te sientas cómoda cuando tengas que montar con Riley.

A Ann ni se le ocurrió darle a Nicco una negativa. Parecía tan entusiasmado como un niño que acabase de encontrar su regalo debajo del árbol de Navidad. Además, tenía curiosidad por saber cómo sería ir más deprisa que una tortuga en una moto.

Esa noche, después de ducharse, cayó en la cama exhausta. Había estado muy tensa mientras aprendía a montar y se notaba doloridos algunos músculos. Se los estaba masajeando cuando sonó el teléfono. Era Riley, sin duda.

Con el corazón acelerado, Ann descolgó el auricular.

—¿Diga?

–Ann... Te he estado buscando por todas partes. ¿Por qué no me dijiste que te ibas a Italia?

–¿D. L.? Perdóname. Lo decidí en el último momento.

–Está bien, no te preocupes. Tenía el número de tu hermana –D. L. se aclaró la garganta–. Escúchame, cariño, ahora mismo salgo para almorzar, pero tengo una noticia que te va a dejar boquiabierta. Piensan hacer la continuación de la última película de Cory Sieverts. Todavía no tengo la confirmación oficial, pero parece que vas a protagonizar otro largometraje con él. El rodaje empezará dentro de dos semanas.

Ann se sentó en la cama. La fecha coincidía con la de la primera carrera de Riley en Misano. Desde que él había reaparecido en su vida, Ann se había olvidado por completo de su carrera.

–¿Por qué estás tan callada? ¡Esta vez ganaremos una fortuna!

Ella se retiró el cabello de la cara.

–No sé qué decir, D. L.

–Oye, no estarás tomando alguna droga, ¿verdad? –D. L. empezaba a mostrarse preocupado.

«Sí. Me he hecho adicta a una droga llamada Riley Garrow. Y me temo que es una adicción crónica».

–Me has pillado dormida. Es una estupenda noticia, desde luego –respondió Ann, aunque la idea de participar en otra película le parecía horrible. Y sabía por qué. Tendría que alejarse de Riley.

Dios santo. Estaba enamorada de él.

–¿Ann? –bramó D. L.

–Te escucho, D. L.

–¿Cuánto tiempo piensas estar ahí?

–No... no estoy segura.

–¡Pues más vale que regreses pronto!

–Cuando la noticia se confirme, ¿me avisarás?

Siguió una larga pausa.

–¿Qué ha sido de la mujer que llamaba todas las mañanas a mi oficina por si había surgido algo?

«Esa mujer ya no existe».

–Las cosas se han complicado un poco.

No se atrevía a decirle que iba a casarse. D. L. no sabría guardar un secreto semejante. Lo último que deseaba era que sus amigos y colegas se enterasen de que iba a ser la esposa de Don Juan. Para cuando la noticia se difundiese, probablemente ya se habría divorciado. Al pensarlo sintió una punzada de dolor en el corazón.

–Has cambiado –dijo el agente.

–Lo siento.

–¡Y un cuerno lo sientes! –D. L. colgó el teléfono bruscamente.

Ann depositó el auricular en su sitio y después se recostó exhalando un angustiado suspiro. Habría sido preferible decirle la verdad esa misma noche, que había decidido dejar la interpretación. Pero solo podía hacer frente a una crisis a un tiempo. En esos momentos no se sentía capaz de enfrentarse a D. L., quien se pondría hecho una furia cuando supiera la mala noticia.

Solamente podía pensar en Riley. ¿Dónde se encontraría esa noche? ¿Estaría solo?

El teléfono volvió a sonar. Probablemente D. L. llamaba de nuevo para rugirle un poco más. Si era así, le diría la verdad y acabaría de una vez. Nuevamente alargó la mano para descolgar el auricular.

–¿D. L.?

–No, soy Riley.

Al oír el sonido de su voz profunda y sonora, ella notó que el corazón le latía en la garganta.

–¿Dónde estás? –era consciente de estar hablando como una esposa dominante, pero no podía evitarlo.

–En Ímola. Pasaré aquí la noche.

La mano de Ann apretó el auricular.

–¿No es ahí donde correrás a finales de mes?

–Sí. Como nunca he corrido en ese circuito, he tenido que inscribirme para poder participar en las carreras clasificatorias.

–No lo sabía.

–Es una formalidad por la que no tendré que pasar otra vez. Háblame de tu conversación con tu agente. Supongo que te habrá llamado para hablarte de alguna nueva película.

–Sí –murmuró ella.

–Espero que le hayas dicho que no estarás disponible a partir de ahora.

La arrogancia de Riley fue la gota que colmó el vaso.

–Todavía no lo he decidido.

–En ese caso, tendré que cancelar la boda. Nicco ha respondido el teléfono antes de pasarme contigo, así que sé que todavía está levantado.

–¡No te atrevas a llamar a Nicco, Riley! –casi gritó Ann en el teléfono–. ¡No pretendo hacer más películas, pero he preferido no tratar del asunto con D. L. esta noche!

–¿Por qué?

–Porque quieren hacer una continuación de la película de Cory Sieverts, y es posible que en mi contrato haya una cláusula que me obligue a trabajar si se rueda una segunda parte. Sinceramente, no me acuerdo.

–Si la hay, tendrás que incumplirla.

–¡Eso podría costarme todo el dinero que gané con mi última película!

—El sábado serás mi esposa. Cualquier problema de dinero que tengamos será asunto mío.

—Hablas como mi padre.

—¿Eso es bueno o malo?

Ella se mordió el labio, deseando no haber dicho nada.

—Mi padre se consideraba a sí mismo protector y sostén de la familia. Hizo que mi mundo fuese tan seguro, que me derrumbé cuando murió prematuramente.

—Por eso elegiste una carrera que podía aportarte una seguridad económica.

—Mi madre lo pasó muy mal, Riley.

—No lo dudo. Pero hay otros trabajos a los que puedes dedicarte sin tener que irte del país durante varias semanas.

—¿Y qué me dices de ti? —vociferó Ann—. La competición te obligará a viajar de continente en continente de forma regular.

—Y espero que viajes conmigo para que no nos separemos nunca. En eso consiste el matrimonio.

«Los buenos matrimonios, Riley. Los matrimonios basados en el amor».

—Pareces cansada, cariño. Te dejaré dormir. La próxima vez que nos veamos será en la iglesia. No me atrevo a acercarme a ti antes —la voz de Riley había descendido otra octava—. Tal como me siento ahora mismo, deseo hacerte el amor hasta que nos convirtamos en una sola entidad vibrante y ajena a todo salvo a nosotros mismos. Fantaseé con ello muchas noches mientras estaba en el hospital. El ansia se ha convertido en una necesidad. ¿Oyes lo que estoy diciendo?

Por las mejillas de ella corrían lágrimas.

—Sí —susurró, despreciándose a sí misma por amar

a un hombre que expresaba únicamente un deseo físico por ella, y nada más.

El taxi recorrió los terrenos de uno de los palacios donde el príncipe Enzo vivía con su esposa, su hijo y otros miembros de la familia Tescotti. Cuando se detuvo delante de una entrada privada lateral, dos guardias uniformados se acercaron para ayudar a Riley y a Mitra a salir del coche.

Mitra estaba muy elegante, engalanada con todas sus alhajas. Se había comprado un vestido nuevo de color negro para la ocasión y llevaba su pañuelo violeta favorito ceñido en la cabeza.

Mientras se volvía hacia Riley, una luz iluminaba sus ojos negros.

–Antes de que entremos, dame la mano.

Otros miembros de la familia de Mitra se habían quedado en la barcaza ultimando los preparativos del banquete de boda. Riley sonrió, preguntándose por qué habría tardado tanto en leerle la palma.

Para sorpresa suya, notó que le ponía en la mano algo cálido y metálico.

–Un *baro manursh* me dio esto cuando era una muchacha.

Un *baro manursh* era un gran hombre. Riley se preguntó que pretendería con aquello.

–Todos en la tribu lo vieron como una señal de que íbamos a casarnos. Pero él enfermó y me susurró todos sus secretos antes de morir en mi *tsara*.

Riley se emocionó al saber que había habido un gran amor en su vida.

–Mi familia me dijo que, con el dinero que él me había dejado, no necesitaba trabajar. Pero yo tenía un secreto. Había visto en las hojas de té a un niño que vagaba perdido junto a una carpa. Vi payasos y globos. Era el niño que él y yo deberíamos haber tenido. Así que me uní al circo.

Riley empezó a sentir un nudo en la garganta.

—Un día oí llorar a un niño y encontré a aquel precioso pequeñín que se había perdido, con el cordel de un globo en la mano. Aquel día me trajo una gran felicidad.

»Cuando creciste, pude enviarte con mi familia para que recibieras los estudios que correspondían a un *gadja*. Yo te habría acompañado, pero no deseaba que tu padre temiese que había huido contigo. O te habría separado de mi lado mucho antes.

»Tu padre y yo tuvimos muchas peleas, pero aquí dentro —Mitra se golpeó el pecho—, él sabía que era lo mejor para ti. Su alcoholismo era una enfermedad, pero siempre te quiso. ¿Sabes por qué lo sé? Porque podría haberte entregado a unos desconocidos.

Cada vez que el padre de Riley se quedaba sin dinero, agarraba una de sus borracheras y amenazaba con hacer eso precisamente. La amenaza aterró a Riley durante años, hasta que se hizo lo bastante mayor para comprender que su padre solamente lo decía porque estaba borracho.

—Hoy haces que me sienta orgullosa al dar este paso que te convertirá en un *baro manursh*. Te has ganado el derecho de darle esto a tu esposa *gadja*.

Antes de mirar siquiera el objeto, Riley hizo algo que siempre había deseado hacer de adulto. Besó a Mitra en ambas mejillas y luego la meció entre sus brazos.

—Te quiero, Mitra. Puedes estar segura de que, cuando mi esposa *gadja* conozca la historia de este anillo, se sentirá orgullosa de llevarlo.

Finalmente se separó de Mitra para examinar el anillo de oro con una flor silvestre grabada. Mitra lo había tenido escondido durante todos aquellos años.

Irguiendo la cabeza, Riley dijo:

–Para mí sería un honor que te sentaras a mi lado en la ceremonia. Normalmente ese lugar está reservado a la madre del novio, pero en tu caso se hará una excepción.

–¿Y por qué debo sentarme?

Él dejó escapar una risita.

–Puedes permanecer de pie si quieres. Temía que te cansaras, eso es todo.

–Permaneceré de pie. Entremos. Tengo curiosidad por ver si esa mujer es digna de mi pequeño *gadja*.

–¿Y cómo lo sabrás? –inquirió él provocándola.

–Existen formas –dijo Mitra por toda respuesta.

Un rápido vistazo al reloj indicó a Riley que llegaban con retraso. La ceremonia se había fijado a las once y ya eran las once y diez. Se bajó del coche e hizo a los guardias un gesto para que se retiraran mientras ayudaba a Mitra.

Después atravesaron la verja dorada para entrar en la exquisita capilla.

La familia Tescotti, con la única excepción de Ann y Nicco, se había reunido en torno al padre Luigi. La novia y el padrino entrarían cuando empezase a sonar el órgano situado en la galería.

Con expresiones de alivio, los presentes observaron a Riley mientras acompañaba a la gitana hasta la parte frontal de la capilla.

–Les presento a Mitra, la mujer que me crió. Es la única madre que he conocido. Le he pedido que me acompañe hoy.

Los ojos de todas las mujeres se llenaron de lágrimas, pero fueron los ojos verdes de Callie los que atrajeron la atención de Riley.

Hasta entonces, solo la había visto peinada con una trenza. Aquel día llevaba el cabello suelto y tenía un aspecto especialmente radiante con su vestido de encaje color crema. Por un momento, Riley imaginó que Ann estaba allí de pie... Dios, en unos cuantos minutos se haría realidad el deseo de su corazón.

El sacerdote sonrió a Mitra.

—Nos sentimos honrados de contar con su presencia en esta ocasión sagrada. Si tienen la amabilidad de situarse a mi izquierda, podremos comenzar.

La música había empezado a sonar. En el exterior de la verja dorada, Ann temblaba presa del miedo y la aprensión.

Riley iba a casarse con ella por motivos poco respetables. No era así como se suponía que debía ser un matrimonio. Pero el temor de que Nicco viera heridos sus sentimientos la obligaba a guardar silencio.

Su cuñado le había tomado las manos para darle calor. Estaba guapísimo con su traje azul marino y un lirio blanco prendido en la solapa.

Nicco le ofreció el brazo izquierdo mientras uno de los guardias les abría la verja. Comenzó el paseo hasta el altar. Apenas entraron en la capilla, los ojos de Riley se encontraron con los suyos. Estaba increíblemente atractivo con su traje de color gris claro. Ella notó que el corazón le daba un vuelco tras otro mientras Nicco la conducía al lado de Riley.

Emitió un jadeo de sorpresa cuando, inesperadamente, Riley alargó la mano y tomó la suya con fuerza. Nicco se colocó junto a Callie.

Mientras Ann se perdía en los preciosos ojos grises de Riley, estos la recorrieron de arriba abajo, desde la corona de flores que adornaba su cabeza hasta las puntas de sus zapatos de tacón blancos.

Debilitada por su devoradora mirada, Ann miró finalmente hacia otro lado y descubrió un par de ojos negros que la observaban con una fijeza que la hizo sentirse incómoda.

De pie junto a Riley había una mujer gitana con un pañuelo violeta. Debía de tener setenta u ochenta años. Era imposible saberlo a ciencia cierta.

—Queridos hermanos, recemos.

La voz del padre Luigi le recordó que se hallaban en un lugar sagrado y que estaba listo para comenzar.

Ann agachó la cabeza. No obstante, mientras oía la oración en italiano, que solo entendía a medias, pensó en la mujer que había desempeñado un papel importante en la vida de Riley, hasta el punto de que este había querido que estuviese presente en la ceremonia.

El sacerdote habló en latín durante la parte de la misa correspondiente a la boda propiamente dicha.

Cuando llegó el momento de que los novios respondieran, Riley la sorprendió contestando en el idioma que utilizó para comunicarse con Boiko.

Ann no entendió nada hasta que Riley lo tradujo al inglés.

—Yo, Riley Garrow, te acepto a ti, Annabelle Lassiter, como mi legítima esposa, y sello mi promesa con este anillo que unirá nuestras dos almas en un solo espíritu, un solo corazón y un solo vientre.

Eran palabras tan inusuales que Ann contuvo el aliento.

Se fijó en que la gitana hacía un gesto de asentimiento mientras Riley le colocaba un anillo de oro en el dedo anular de la mano izquierda.

A continuación, el sacerdote indicó que era el turno de Ann.

Ella alzó los ojos para mirar a Riley. Aunque ignoraba el motivo, percibía en su fuero interno que aquella parte de la ceremonia era muy importante para él. Vio en sus ojos una vulnerabilidad que no había creído posible. La aterrorizó la posibilidad de decir algo indebido y estropear el momento.

—Yo, Annabelle Lassiter —dijo con voz trémula—, te acepto a ti, Riley Garrow, como mi legítimo esposo y... y acepto este anillo que unirá nuestras dos almas en un solo espíritu, un solo corazón y un solo vientre.

Una extraña quietud pareció envolver a Riley, aunque sus ojos emitían un intenso brillo plateado. Parecía complacido.

Ann se estremeció, aliviada, antes de que él se apartara un momento para decirle algo a aquella gitana cuya mirada parecía capaz de desnudar el alma de Ann. De nuevo, la gitana asintió.

—Dado que Riley y Annabelle han jurado su amor ante la presencia de Dios, yo los declaro marido y mujer —mientras hacía la señal de la cruz, el padre Luigi añadió—: En el nombre del Padre, del Hijo y del Espíritu Santo. Amén.

Ann esperaba que les dijera que podían besarse, pero, en vez de eso, el sacerdote hizo algo extraordinario. Estrechó la mano de Riley.

—Enhorabuena por vuestro matrimonio —dijo en inglés—. Será para mí un placer bautizar a vuestro primer hijo cuando llegue.

Ella arrugó la frente, aún desconcertada por el atípico final de la ceremonia.

–No vamos a tener ningún hijo, padre.

Ann pudo oír la risa de Riley por encima de la de todos los presentes.

El sacerdote juntó las palmas de las manos.

–Será solo cuestión de tiempo, hija mía.

Ella se sonrojó.

–Vámonos –le susurró su flamante esposo–. Ya tendremos tiempo de hablar con todos los invitados –dicho eso, la agarró del brazo y la condujo apresuradamente por el pasillo de la capilla. Ann nunca había visto a un novio tan ansioso por marcharse.

Cuatro limusinas aguardaban en la entrada lateral. Riley subió al asiento trasero de la primera. Cuando uno de los guardias hubo ayudado a Ann a meterse en el coche y cerró la portezuela, Riley la sentó encima de su regazo.

–¿Qué estás haciendo? –gritó ella. Riley la sujetaba con el brazo para que no pudiera moverse.

–Si dejas de hacer preguntas, te daré ese beso que estabas esperando.

–¡Aquí no! ¡Nos verá todo el mundo, Riley!

La risa de él resonó en el interior de la limusina.

–Mejor aquí que en la iglesia, donde habrías tenido que dominarte. Sé cómo te pones cuando estás entre mis brazos.

–¡Eres terrible!

–Ya lo sé.

Mientras él agachaba la cabeza, ella captó un destello de deseo en sus ojos. Notó un estremecimiento hasta lo más hondo de su ser. Luego la boca de Riley asumió el control.

Ann emitió un jadeo de placer. Pero dicho placer se tornó dolor cuando comprendió que el deseo de él era puramente físico.

Aquellas palabras que había pronunciado durante la ceremonia, sobre un solo espíritu y un solo corazón, eran una farsa.

Sin embargo, tal como la estaba besando, a Ann le resultaba imposible negarle a Riley aquello que tanto deseaba. Porque ella lo deseaba igualmente.

CAPÍTULO 7

L A LIMUSINA se detuvo por fin, obligando a Riley a abandonar la boca de Ann. Cuando el chófer les abrió la portezuela, Ann se asustó al ver los flashes de varias cámaras que se disparaban sucesivamente. Enterró el rostro en el hombro de Riley.

Nicco ya le había advertido que los *paparazzi* harían acto de presencia. Lo que más la consternaba era que la hubiesen sorprendido de esa guisa, en brazos de su flamante marido.

—Mi corona... ¿dónde está? —dijo con voz frenética.

—Se te ha caído hacia un lado —susurró Riley. Le besó otra vez los hinchados labios mientras le ponía bien la corona—. Ya está. ¿Te he dicho que tu belleza casi me provocó un infarto cuando entraste en la capilla?

—No —gruñó. Lo que ella deseaba era que amase su belleza interior.

—No te disgustes por el hecho de que no te besara delante del sacerdote.

—No estoy disgustada.

—Embustera —musitó Riley contra su cuello—. En una boda gitana, un hombre no demuestra la pasión que siente por su esposa. Debe aguardar hasta el momento apropiado —su boca se arqueó en una sensual sonrisa—. Por respeto a Mitra, esperé cuanto me fue posible.

Cada vez más enamorada de él, Ann alzó la cabeza para buscar sus ojos.

–¿Quién es Mitra?

Él se puso serio.

–Es, después de ti, la mujer más importante de mi vida. Su familia y ella han preparado el banquete de boda. Ya están todos en la barcaza. Ven conmigo y te los presentaré.

Aunque se había instalado una escalerilla con objeto de facilitar el acceso a la barcaza desde el muelle, Riley alzó la voz para decirle a Nicco:

–Quiero cruzar el umbral con mi esposa a la vieja usanza –tomó a Ann en brazos y empezó a recorrer la tabla. A mitad de camino, ella notó que se detenía.

–¿Qué sucede?

–Necesito un beso para poder seguir.

–¡Siempre escoges los momentos más inoportunos!

–Más vale que se vaya acostumbrando, señora Garrow.

Señora Garrow. Ann todavía no podía creerlo.

La boca de Riley cubrió la suya con una fuerza abrasadora, como si quisiera recordarle que le pertenecía. Ella era incapaz de oponer resistencia.

Riley no la soltó hasta que hubieron entrado en la sala de la cabina, donde las familias charlaban animadamente. Rodeando su cintura con el brazo, la condujo hasta la silla donde estaba sentada Mitra. Ann comprendió que debía haber sido una mujer muy hermosa de joven.

–Ann, quiero presentarte a Mitra. Entiende inglés mucho mejor de lo que quiere aparentar. Desde que di los primeros pasos hasta que me fui a Rusia con mi padre, Mitra me quiso como si fuese su hijo.

Ann sintió que se le derretía el corazón al oír aquellas palabras. Sin poder contenerse, se inclinó y besó a la mujer en la mejilla.

–La quiero por amar tanto a Riley –le susurró en el oído, de modo que solamente ella pudiera oírla.

Mitra enmarcó el rostro de Ann con ambas manos y, a continuación, le dijo también al oído:

–Él pondrá a prueba tu amor de muchas maneras. Debes estar preparada.

¿A prueba?

Era un comentario tan extraño, que Ann no sabía cómo interpretarlo. Pero el hecho de que aquel aviso surgiera de labios de una gitana le confería un halo profético.

Un extraño escalofrío recorrió la columna vertebral de Ann.

Riley debió de percibir algo, porque la atrajo de nuevo hacia sí.

–¿Qué estáis cuchicheando?

–¡Que eres todo un desafío! –respondió Ann, diciendo lo primero que acudió a su mente.

Él la siguió, riéndose, mientras ella recorría la cabina intercambiando besos y abrazos con todos los familiares. Después le presentó a los parientes de Mitra. Dos primos y una prima acompañaban la gitana. Ellos habían preparado el fabuloso banquete: ternera, pollo, faisán, repollos rellenos de arroz, melón y una especie de pastel de fruta bañado en coñac que a Ann le encantó.

–He visto que te has servido una segunda ración de postre –le murmuró Callie cuando tuvieron ocasión de hablar a solas un momento.

Riley estaba charlando con Nicco y Enzo. María había salido de la barcaza para despedir a los miembros mayores de la familia Tescotti.

–No me digas que te pone nerviosa quedarte sola con él cuando nos hayamos ido.

–Bueno, un poco sí.

Ann nunca había tenido relaciones íntimas con un hombre y Callie lo sabía, aunque no era eso lo que la angustiaba.

–Es natural, pero Riley se parece mucho a Nicco. Hará que te sientas cómoda.

–Seguro que tienes razón.

–Se nota que está perdidamente enamorado de ti.

¡Ja!

Ann habría dado cualquier cosa por sincerarse con Callie en aquel momento, pero no se atrevía. Su hermana siempre se lo contaba todo a Nicco. Ann no tenía más remedio que guardar el secreto.

–Te inquieta algo más. ¿Qué es, Ann? ¿Qué te dijo Mitra?

–Me deseó suerte.

–Entonces ¿por qué pusiste una expresión tan extraña?

–¿Extraña?

–¡Deja de fingir y dímelo!

–¡Está bien! Me... me dijo que la convivencia con Riley podía ser difícil –no era exactamente lo que había dicho Mitra, pero se le aproximaba.

Callie esbozó una sonrisa cínica.

–Un aviso propio de una auténtica madre. Hazle caso. Ella lo crió y conoce sus virtudes tan bien como sus defectos.

El comentario de Mitra podía ser solo la punta del iceberg, se dijo Ann. Había muchos secretos aún por descubrir. Sin duda, la gitana se compadecía de ella porque sabía que Riley no la amaba. Por eso le había dicho que estuviese preparada.

Poco sospechaba Mitra que su pequeño *gadja* ya había destrozado el corazón de Ann la noche en que la obligó a transigir con aquel remedo de matrimonio.

–No mires, pero creo que Nicco me hace señas para que vaya con él. Ambos sabemos que Riley está deseando quedarse a solas contigo. Tendréis el resto del día y mañana para olvidaros del mundo y disfrutar el uno del otro –Callie la abrazó–. Me alegro muchísimo por ti. Cuando bajes de nuevo a tierra, llámame.

–Te lo prometo.

Salieron juntas a cubierta. Todos se marchaban ya. Mientras Mitra y su familia se subían en una limusina, Enzo y María se instalaron en otra. Muy pronto solo quedaban Nicco y Riley. Este se quedó mirando a Callie, y después a Ann.

–Estáis las dos guapísimas –comentó con voz ronca.

–Secundo la observación –dijo Nicco.

Callie se separó de su hermana y se situó junto a su marido. En ese momento, Ann empezó a sentir pánico. Aún no estaba preparada para quedarse a solas con Riley.

–Dado que Bianca cuidará de Ann durante el resto del día, ¿qué tal si nos cambiamos y vamos a dar una vuelta en moto? –murmuró Nicco.

Callie se puso de puntillas para besarlo.

–Me encantaría.

¡Una vuelta en moto! ¡Sí!

Como Nicco pensaba que el mejor regalo de boda que Ann podía hacerle a Riley era la noticia de que había aprendido a montar en moto, ¿por qué no darle su regalo en ese mismo momento?

Si Riley estuviese enamorado de ella, Ann no desearía otra cosa que estar a solas con él durante el tiempo que fuese posible. ¡Pero no estaba enamorado! De hecho, cuanto antes la poseyera, antes se aburriría de ella.

Y eso Ann no podría soportarlo.

Tras despedirse de Nicco y Callie, Riley se acercó a ella con una expresión en los ojos que hizo que el corazón se le acelerase despiadadamente. Enmarcó su rostro con las manos.

–Dios santo, creí que este momento nunca llegaría –arrastró suavemente los labios por sus facciones, provocando oleadas de placer en ella–. Tienes la boca y los ojos más perfectos que he visto nunca. El padre Luigi me diría que es pecado desearte como te deseo, pero no me importa.

Empezó a besarla. Besos lentos y sensuales que fueron aumentando en intensidad, fundiendo sus bocas y sus cuerpos. Riley la tomó en brazos y la llevó hasta el dormitorio. Ya era el dormitorio de ambos.

Cada caricia de sus manos y de su boca provocaba una reacción primitiva que Ann no podía reprimir. La intensidad de su deseo la recorría por dentro como una onda de choque.

Tenía que detener aquello antes de perder su corazón, su alma, su identidad y todo lo que él podía robarle.

–Riley... –exclamó, separándose de sus labios.

La pasión empañaba los ojos de él.

–¿Qué sucede, cariño? –su respiración sonaba entrecortada–. ¿Voy demasiado deprisa?

–No es eso. Es que antes esperaba darte tu regalo de boda.

Riley le cubrió los labios con más besos.

–Tú eres el único regalo que deseo.

–No dirías eso si supieras de qué se trata. Espera, no tardaré mucho –le dio un beso en la boca, pero, cuando hizo ademán de alejarse de la cama, él la sujetó para devorarla con una avidez que la dejó aturdida.

–Contaré hasta diez.

Ann corrió al cuarto de baño y se desnudó a toda prisa. Después abrió la maleta que Nicco había llevado a la barcaza un rato antes y se puso unos vaqueros de color marrón claro y un suéter verde. Sacó del bolso el aparato de control remoto que abría la puerta de la oficina privada de Nicco y se lo guardó en el bolsillo.

–¿Por qué tardas tanto? –preguntó Riley en voz alta desde el dormitorio.

Una vez que se hubo puesto las zapatillas de deporte nuevas y colgado el vestido de novia en la percha del cuarto de baño, Ann estaba lista.

–Ya voy.

Riley, que se hallaba al lado de la cama, la miró sorprendido al verla salir.

–Tu regalo no está a bordo –explicó ella en tono casual–. Tendremos que ir a buscarlo.

Él se pasó la mano por el cabello con un gesto de extrema frustración. Resultaba aterrador y excitante al mismo tiempo provocarlo de aquella manera.

–¿Y cómo iremos? El único medio de transporte que tenemos es mi moto, que está guardada en la sala de máquinas.

–Lo sé. Dado que no tenemos coche, supongo que tendré que ir en la moto contigo.

Él frunció las negras cejas.

–¿Qué es lo que sucede, Ann?

–Nada –respondió ella en tono quedo, con un ligero toque de desesperación. Para dar efecto, forzó unas cuantas lágrimas. Al fin y al cabo, era actriz y había aprendido a llorar cuando era necesario–. No... no importa.

–¡Y un cuerno no importa! –exclamó Riley–. Si es tan importante para ti, iremos. Pero sé que les tienes pánico a las motos. ¿Por qué no llamas a un taxi mientras me cambio?

Riley estaba siendo increíblemente amable. No llevaban ni cinco horas casados, y Ann ya había descubierto que podía anteponer las necesidades de ella a las suyas propias. Era una cualidad importante en un marido, aun cuando su matrimonio hubiera de ser solo temporal, se recordó a sí misma.

–De acuerdo. Te estaré esperando en la orilla.

De momento, todo marchaba bien.

Diez minutos más tarde, Riley salió de la cabina con unos vaqueros desgastados y un jersey azul marino. Estaba fantástico con cualquier ropa que llevara.

–¿Todavía no ha llegado el taxi?

–Al final... al final he decidido no llamarlo. Me parece absurdo, teniendo esa moto tan magnífica. Si me prometes no ir muy deprisa, montaré contigo.

Él la miró fijamente, y ella se dio cuenta de que no sabía qué pensar.

–No tienes por qué hacer esto, Ann. Me gano la vida montando en moto y no espero que mi esposa comparta esa afición. Sea cual sea el motivo de tu miedo a las motos, lo respeto.

Cada palabra que surgía de su boca hacía que Ann lo amara todavía más.

–Te entiendo. Pero por lo menos debería ser capaz de montar contigo. ¿Y si surge alguna emergencia?

Él se colocó las manos en las caderas, adoptando aquella pose masculina que a ella tanto le gustaba.

–Pensaba comprarte un coche como regalo de boda la semana que viene. Ahora has estropeado mi sorpresa –dijo Riley, aunque sonrió mientras hablaba.

«Oh, Riley, jamás podrás saber hasta qué punto te quiero».

–No era mi intención –Ann le devolvió la sonrisa–. El caso es que quiero darte ya tu regalo.

Él enarcó una ceja.

—¿Tan bueno es?

—Sí —confiando plenamente en el criterio de Nicco, Ann añadió—: Ya que me he casado con un corredor profesional, me sentiría ridícula si los demás supieran que la señora Garrow nunca se ha subido a una moto.

—Aguarda un momento mientras la saco.

Ann percibió excitación en su tono de voz. Riley no tardó en bajar con la moto hasta la orilla con su inimitable estilo. Llevaba puestos el casco y una cazadora de cuero. Tras detenerse delante de ella, se bajó de la moto manifestando una ansiedad que resultaba inconfundible.

—Tendrás que acostumbrarte a llevar un casco y una cazadora. Estos te servirán, de momento.

—¿Y tú?

Riley la miró con ojos risueños.

—Mientras el famoso regalo no esté en Suiza, no me preocupa.

Ann emitió una risita.

—Lo he... lo he escondido en un sitio donde jamás se te habría ocurrido mirar.

—¿De veras? —él le dio un beso en la sorprendida boca.

—Sí —respondió ella sin aliento—. En la oficina de Nicco.

Riley meneó la cabeza con incredulidad.

—La fábrica está cerrada.

—No hay problema. Callie me dio el control remoto. Bueno, dime qué tengo que hacer primero.

—Ponte esto —Riley se quitó la cazadora y ayudó a Ann a ponérsela. La calidez de su calor corporal la envolvió al instante. Pero fue el roce de sus manos en el cabello, mientras le ajustaba el casco, lo que le produjo una sensación casi erótica—. ¿Cómo te sientes?

–Como encerrada.

Las manos viriles que descansaban sobre sus hombros le dieron un suave apretón.

–Ann, prométeme que, si en algún momento no te sientes cómoda haciendo esto, me lo dirás.

Estaba nervioso.

¿Quién habría imaginado que le importaría tanto?

–La fábrica no queda muy lejos. Tranquilo, estaré bien.

Ann se fijó en cómo el pecho de Riley subía y bajaba. Estaba librando una batalla consigo mismo.

–Cuando me suba en la moto, móntate detrás de mí y pon los pies en los pedales. Luego pasa los brazos alrededor de mi cintura y entrelaza los dedos.

Ann había practicado muchas veces con Nicco, de modo que sabía lo que hacer.

–Muy bien.

Riley se ahorcajó encima de la moto y después la ayudó a subir.

–¿Qué tal?

Era un placer apretarse contra su espalda.

–Bien.

–Aún estás a tiempo de cambiar de opinión.

–Estoy decidida.

–Juro que haré cuanto esté en mi poder para protegerte –la voz de Riley vibró–. Eres una mujer muy valiente, ¿lo sabías?

Si pensaba eso de ella, entonces todo aquel ejercicio había valido la pena. Ann sospechaba que un hombre como Riley valoraba más la valentía que la belleza física en una mujer.

Él puso el motor en marcha.

–Vamos allá.

Arrancó con tanta suavidad que parecieron deslizarse por el camino del embarcadero. Una vez que llegaron a la autopista, Riley mantuvo una velocidad similar a la del flujo del tráfico y condujo por el carril correspondiente, sin efectuar ninguna maniobra brusca que pudiera asustarla.

Estaba teniendo tanto cuidado con ella, que Ann sintió ganas de llorar. Se apretó contra él, disfrutando del contacto de su cuerpo recio.

No tardaron en llegar a la factoría Danelli. Riley se detuvo con suma suavidad delante de la oficina de Nicco.

Ann se apeó de la moto y se quitó el casco. Él paró el motor y puso el pie de apoyo antes de bajarse de la motocicleta. Los ojos de ambos se encontraron.

—No has tenido miedo en ningún momento.

La admiración que se reflejaba en sus suaves ojos azules casi la dejó sin respiración.

—Con Riley Garrow conduciendo, ¿por qué iba a tenerlo?

Él la estrechó entre sus brazos.

—Estoy orgulloso de ti —permaneció así un minuto, meciéndola.

«Y aún te esperan más sorpresas, amor mío».

Ann besó la línea de su mandíbula antes de despojarse de la cazadora.

—Entra conmigo —abrió la puerta con el aparato de control remoto y Riley la siguió por el pasillo hasta la oficina de Nicco—. Espera aquí, volveré enseguida.

Tras dejar el casco y la cazadora de él en una silla, atravesó otra puerta que conducía a una habitación trasera. Su preciosa moto azul y violeta descansaba en mitad de la habitación como una altiva señorita. Después de conducirla intensivamente durante tres días, Ann le había tomado cariño.

Además del casco violeta, Nicco le había proporcionado una cazadora de color marfil y violeta, y pantalones y guantes a juego. Todo ello descansaba en uno de los estantes.

–¿Ann?

La impaciencia de Riley la llenó de placer.

–¡Un momento!

Preparada para entrar en acción, Ann retiró el pie de apoyo y empujó la moto hasta la oficina.

Riley estaba medio sentado en el borde de la mesa de Nicco. Cuando la vio salir con la moto, se irguió sorprendido.

–¿Te gusta tu regalo?

–Cariño... –Riley parecía incapaz de elegir las palabras adecuadas para expresarse–. Eres una mujer generosa por naturaleza, y tu deseo de complacerme me abruma. Pero solo necesito una moto, y tengo una ahí fuera.

Ann no se había divertido tanto en toda su vida.

–Esto no es todo.

Él meneó la cabeza.

–Tú eres lo único importante. No necesito regalos.

–Te prometo que te va a gustar –girándose rápidamente, Ann se apresuró de nuevo a la habitación trasera y se puso el casco violeta, los pantalones, los guantes y la cazadora. Cuando volvió a la oficina por segunda vez, él se quedó mirándola como hipnotizado.

–¿Vamos a dar una vuelta, señor Garrow?

Él no se movió. Parecía pegado al suelo. El regocijo de ella fue absoluto.

–¿Te importaría abrirme la puerta?

Finalmente, Riley hizo lo que le pedía, moviéndose como un sonámbulo. Ella sacó la moto a la luz del crepúsculo.

Él la siguió con su casco y su cazadora en la mano. Entrecerró sus ojos grises.

–¿Cuánto tiempo hace que has aprendido a montar?

Ann pulsó el botón del aparato de control remoto para cerrar la puerta y luego se lo guardó en el bolsillo de la cazadora.

–Tres días. ¡Te echo una carrera hasta casa!

–¡Ann..., espera! –Riley parecía aterrorizado.

Entre risas, ella arrancó el motor y se puso en marcha. Nicco y Callie habían conducido con ella por las calles de la ciudad, de modo que se sentía cómoda.

Por el espejo retrovisor vio cómo una enorme moto negra y verde se aproximaba a ella. Era una noche de sábado y había poco tráfico. Ann aumentó un poco la velocidad para conservar la ventaja. La había embargado la emoción de la carrera y estaba decidida a llegar la primera a la barcaza. Una vez que Riley hubiese visto que conducía bastante bien para ser una novata, tal vez podría convencerlo para dar un corto paseo a las montañas, donde podrían disfrutar de una cena tardía.

Deseosa de demorar el momento de irse a la cama con Riley, aumentó más la velocidad, gozando con el modo en que la moto se impulsaba hacia delante, acelerando como por arte de magia. Por fin entendió la emoción de montar en motocicleta.

Eufórica, efectuó un giro hacia el camino privado que desembocaba en el embarcadero. Riley casi la había alcanzado.

Llena de excitación, quiso impresionarlo. Si él ascendía por la tabla de la barcaza sin dificultad, ella también podría hacerlo. Pero calculó mal la velocidad mientras descendía por la pendiente hacia la barcaza. Cuando accionó el freno trasero, la moto empezó a derrapar. Ann giró el manillar para corregir el rumbo, sin darse cuenta de que el freno se había bloqueado. Al instante siguiente, cayó de lado al agua poco profunda.

Su grito de sorpresa fue seguido por un alarido de Riley, que se lanzó tras ella. Con una fuerza hercúlea, la subió a la barcaza y le quitó el casco.

–¿Te encuentras bien? –preguntó con voz frenética.

Ella asintió, tosiendo a causa del agua que había tragado.

–Estoy... estoy bien. ¿Crees que habré roto mi moto nueva?

–¡Olvídate de la maldita moto! –exclamó él antes de soltar una larga serie de invectivas–. ¿Cómo demonios se te ha ocurrido hacer algo tan peligroso? –la tocó por todas partes para comprobar si había sufrido algún daño. No tenía ni idea del efecto que sus manos estaban ejerciendo en ella. Ni Ann sabía que él pudiese temblar tanto.

–Quería demostrarte que puedo conducir tan bien como Callie.

Él apretó su frente contra la de ella.

–No vuelvas a hacerme esto.

–Estoy bien, Riley. Si quieres que te diga la verdad, me siento como una completa estúpida.

–Has cometido una estupidez –rugió él, aunque ya no había furia alguna en su voz.

–Lo sé. Te prometo que nunca volveré a hacer este tipo de disparates.

–Dios, quisiera creerte.

¡Hablaba como si fuese él quien había sufrido el accidente!

–Lamento pedirte más favores, pero ¿podrías echarle una ojeada a la moto para ver si tiene algún desperfecto serio?

–Primero te quitaremos toda esta ropa.

¡Oh, no!

Ann se separó de él y se levantó con la misma elegancia que un hipopótamo alzándose del barro.

–Un poco de agua no hace daño –miró su moto. Sin perder un segundo, saltó al río. El agua apenas tenía medio metro de profundidad. Agarró el manillar de la moto y la enderezó–. ¡Eh, parece que está bien!

Otra maldición escapó de los labios de Riley mientras se acercaba rápidamente a ella y llevaba la moto hasta la orilla. Ann lo siguió y luego se acuclilló al lado de la moto para buscar algún posible desperfecto.

–El espejo retrovisor está roto –dijo Riley al cabo de unos momentos.

–Si eso es lo único, entonces no ha pasado nada.

El mentón de él se endureció.

–No supongas que el próximo accidente tendrá el mismo desenlace.

–Practicaré en la tabla hasta que consiga hacerlo perfectamente.

Los ojos grises de Riley emitieron una llamarada de furia.

–Y un cuerno vas a practicar.

Ella le sonrió.

–Gracias por salvarme –dijo besándole la punta de la nariz–. Me he casado con un auténtico héroe.

CAPÍTULO 8

RILEY había tenido razón acerca de los dolores y las molestias. Después de ducharse y colgar las prendas de cuero para que se secaran, Ann se puso un camisón y se deslizó entre las sábanas, sintiendo todo el cuerpo dolorido.

Aunque aún no tenía ninguna marca visible, suponía que por la mañana tendría varios moretones en el antebrazo derecho y en el muslo. Sin la protección que Nicco había insistido en que llevase, podría haberse herido seriamente con las piedras del lecho del río. Había tenido suerte de que la moto no hubiese caído encima de ella, porque en tal caso se habría roto un brazo o una pierna.

Riley seguía sin aparecer. Ann podía oír sus pasos mientras andaba por la barcaza, dejándolo todo listo para la noche.

De no haber sido por el accidente, en esos instantes podrían estar en las montañas, cenando en alguna encantadora taberna. En vez de eso, Ann había conseguido precisamente aquello que deseaba posponer. Estaba en la cama, donde Riley la quería.

—Te he calentado un poco de sopa —dijo una voz en la penumbra.

—Gracias —respondió ella llena de emoción.

—¿Puedes incorporarte o necesitas que te ayude?

Sin saberlo, Riley acababa de lanzarle un salvavidas.

–Me... me duele todo.

Él se situó a su lado y encendió la lámpara antes de sentarse en el borde de la cama. Luego colocó la bandeja con la sopa y unas galletas saladas en la mesita.

Los suplicantes ojos verdes de Ann buscaron los de él.

–¿Me has perdonado ya?

Pese a que las sombras oscurecían sus facciones, haciéndolo parecer mayor, seguía siendo el hombre más guapo del mundo.

–Hoy has estado a punto de provocarme un infarto –Riley le dio unas cuantas cucharadas de sopa de ternera con verduras. Sabía bien–. Tres días de entrenamiento con un profesional como Nicco no te capacitan para correr ese tipo de riesgos.

–Te juro que no se repetirá, Riley. Solo quería...

–Ya lo sé –la interrumpió él en tono grave–. Querías hacerme feliz.

–¿Y lo... lo eres?

Él la miró con una expresión indescifrable.

Oh, oh. Tal vez Nicco se había equivocado.

–¿Siempre has competido con tu hermana?

Ann se sentó dando un respingo, tapándose con la colcha.

–¿Eso es lo que piensas que hago? –inquirió. La pregunta de Riley le había hecho más daño de lo que él sospechaba–. Para que te enteres, Hombre Cohete, fue Nicco quien me sugirió que aprendiera a montar en moto cuando le pedí su opinión sobre el regalo que debía hacerte. Incluso dijo que era mi deber intentarlo. ¡Si no me crees, pregúntaselo! Naturalmente, tengo mi orgullo, y me gustaría pensar que, con el tiempo, llegaré a montar tan bien como Callie. ¡De no haberme casado contigo, jamás se me habría ocurrido aprender a conducir una moto!

Ann se bajó de la cama por el otro lado y, ciñéndose la colcha, salió de la habitación. Sin duda, al día siguiente se arrepentiría de aquella retirada.

–¿Se puede saber adónde demonios vas?

–A dormir un poco –abatida, Ann entró en la sala de estar y se tumbó en el sofá. ¡A ese paso, su matrimonio no duraría ni doce horas!

Al notar la mano de Riley sobre su mejilla húmeda, hundió el rostro en el cojín.

–¿Ann? –susurró él con voz ronca–. No debí hacer ese comentario sobre ti y sobre Callie –dijo con un tono lleno de culpabilidad–. ¿No comprendes que te lo he dicho únicamente porque me aterroricé al ver cómo perdías el control? Pudo haberte ocurrido cualquier cosa.

Ella se giró rápidamente.

–Tal vez ahora sepas cómo me siento yo al pensar en que puedes chocar con otro motociclista a trescientos kilómetros por hora.

Él le asió el brazo con fuerza.

–Yo sentí ese tipo de miedo desde que tuve edad para presenciar cómo mi padre conducía a través de las llamas. Cada vez que hacía uno de sus números, me preguntaba si sería la última vez que lo vería. Entonces huía al carromato de Mitra. Si ella estaba diciendo la buenaventura a los visitantes, me sentaba en su mecedora favorita y comía las galletas que guardaba en un tarro especial para mí. Cuando regresaba, me contaba historias de su pasado o me llevaba a dar un paseo. Su presencia mantenía a raya mis temores.

–¡Gracias al cielo que la tenías a ella!

–Sí, he dado gracias al cielo. Muchas veces. Cuando mi padre se emborrachaba, no iba a buscarme. Yo adoraba aquellas noches. Mitra me acostaba entre sábanas blancas de raso y me cantaba hasta que me dormía. Cuando no estaba con ella, tenía terribles pesadillas. Curiosamente, sobre la madre a la que no conseguía recordar.

Bajo las pestañas de Ann brotaron cálidas lágrimas.

–Por eso eran tan terribles –prosiguió él–. Todos los niños tenían madre, pensaba mi mente de niño. Pero la mía no me quiso. Mi padre se casó con otras dos mujeres, con la esperanza de darme una madre, pero a ellas eso no les interesaba lo más mínimo.

–¿Llegaste a verla de nuevo? –inquirió Ann, sufriendo por el niño que había en Riley.

–No, y aun hoy sigo sin saber si vive o si ha muerto. Mitra me dijo que era preferible que no lo supiera. Con eso me bastó. Cuando cumplí los diecisiete, mi padre me anunció que nos íbamos a Rusia. Creo que decidió irse solamente por la influencia que Mitra tenía sobre mí. Ella pagó mis estudios en Perusa, donde vivían sus parientes.

»Yo solía volver al circo en vacaciones y durante el verano. Cada vez que regresaba, veía que el alcoholismo de mi padre había empeorado. Sin duda temía que yo lo abandonase, como lo abandonó mi madre. Antes de que nos marcháramos, Mitra me explicó que había sido agraciado con un físico atractivo, pero que carecía de buen juicio en materia de mujeres. Me advirtió que debía encontrar una mujer que se respetara a sí misma por encima de todo, o de lo contrario acabaría exactamente igual que mi padre.

»Eso me llenó de temor, porque por entonces solo me importaban las chicas guapas y las motocicletas. Doce años más tarde, cuando te conocí en el plató, recordé la advertencia de Mitra. Por primera vez desde que me alejé de su influencia, creí haber encontrado una mujer que contaría con su aprobación.

–¿Y por eso te has casado conmigo? ¿Por lo que dijo Mitra?

–Sí, y porque la hermana Francesca me recomendó que sentara la cabeza con una mujer buena. Supe que tú eras buena cuando vi cómo te compadecías de Boiko. Las *gadjas* que he conocido no suelen entender a los gitanos; se apartan de ellos y, desde luego, jamás se les ocurriría darle a uno un beso.

Ann estaba estupefacta.

Riley Garrow era el hombre más exasperante, complejo, frustrante, atípico, excitante, asombroso y extraordinario que había conocido nunca. El hecho de que Mitra lo hubiese criado explicaba muchos aspectos de su personalidad.

«Pondrá a prueba tu amor de muchas maneras. Debes estar preparada».

La infancia desdichada de Riley lo había privado de su capacidad de amar, de creer en el amor. Eso era lo que Mitra había intentado decirle a Ann.

–Discúlpame por haber reaccionado de forma exagerada. Me temo que ese accidente hizo revivir mis viejos temores. Ahora ven a la cama –Riley le besó el cuello–. Prometo no hacer nada que tú no desees. Pero sí espero que me permitas abrazarte. Después del susto que me has dado, necesito sentirte cerca de mí durante el resto de la noche.

Cuando Riley la tomó en brazos para llevarla al cuarto, Ann no podía ni deseaba resistirse. Él la metió en la cama sin hablar y luego se fue a ducharse.

Mientras lo esperaba, Ann se quitó el anillo de matrimonio y examinó a la luz de la lámpara la flor silvestre que tenía grabada.

Al cabo de unos minutos, Riley se deslizó debajo de las sábanas sin quitarse la bata. Ella se volvió hacia él.

–No es un anillo corriente.

–Mitra estuvo prometida con un gitano rico. Él murió antes de que llegaran a casarse, pero le dejó todo lo que poseía. Yo no sabía nada de ese anillo hasta que me lo dio esta mañana, antes de entrar en el palacio.

–Para mí es un honor llevarlo.

Riley volvió a ponérselo en el dedo anular.

–Te está perfecto. Tengo otro anillo para ti, pero esperaré alguna ocasión especial para dártelo –alargó el brazo para apagar la luz–. Como no sé dónde tienes dolores, dejaré que tú decidas lo que haremos.

Con una ansiedad que casi le produjo vergüenza, Ann colocó el brazo de él debajo de su cabeza. Después se puso de lado, colocó el brazo sobre el pecho de Riley y enterró el rostro en su cuello.

Él la atrajo hacia sí, envolviéndola con su calor masculino.

–¿Te duele la boca?

–No.

–Entonces quisiera probarla.

Obedeciendo un impulso más poderoso que su voluntad, Ann acercó su rostro al mentón recién afeitado de él hasta que sus bocas se fundieron apasionadamente. Aquella noche, el placer de besarse el uno al otro, hasta olvidar todo lo demás, mitigó el dolor que sentía cuando recordaba que Riley no se había casado con ella por amor.

El lunes por la mañana, Riley llevó la moto de su esposa al taller de la factoría Danelli. Cuando la hubo aparcado, todos los mecánicos presentes lo saludaron y le dieron la enhorabuena. Dentro de la empresa ya había circulado la noticia de que se había casado con la hermana de la esposa del jefe. La fotografía que había aparecido en la primera página del periódico dominical de Turín había hecho el resto. Un fotógrafo se las había arreglado para sorprender a Riley llevando a Ann en brazos hasta la barcaza, desde donde los miraba la Familia Real.

Carlo, uno de los mecánicos más jóvenes, se acercó a él.

–¿Cuál es el problema, señor Garrow?

–El motor se ha mojado –explicó Riley sin entrar en detalles.

–Parece que también necesita un espejo retrovisor nuevo.

Riley asintió.

–Mira a ver lo que puedes hacer, ¿quieres? Si me necesitas, estaré en la oficina del jefe.

Unos minutos más tarde, Riley había atravesado la planta principal hasta el otro edificio, donde se hallaba la oficina de Nicco. Encontró a su cuñado trabajando con el ordenador. Al verlo en el vano de la puerta, Nicco alzó los ojos sorprendido.

–Creí haberte dicho que te tomaras la semana libre para disfrutar de tu luna de miel.

–Y lo habría hecho si mi esposa no se hubiese empeñado en darme su regalo cuando los invitados se marcharon de la barcaza. He venido a pagarlo.

–Fue mi regalo de boda para Ann –Nicco se reclinó en la silla giratoria con una amplia sonrisa en la cara–. Esta mañana me fijé en que la moto no estaba. Bueno, dime, ¿te gustó?

–Digamos que no hemos iniciado la luna de miel debido a la incapacitación de mi esposa.

Nicco palideció.

–¿Se ha hecho algo serio?

–No se ha roto ningún hueso, gracias a Dios, pero tiene el brazo y la pierna derecha llenos de moretones.

–Cuéntame qué pasó.

Riley le refirió lo ocurrido.

–Te juro que, cuando la vi precipitarse por la pendiente a esa velocidad, toda mi vida desfiló ante mis ojos.

Nicco se había levantado de la silla.

–Me juró que no correría ningún riesgo innecesario. Cometí un error al animarla a montar en moto. Si ya les tenía miedo, esto habrá eliminado cualquier esperanza de que supere su fobia. Callie se preocupará mucho cuando se lo diga.

–No te angusties, Nicco. Debo decir, en descargo de Ann, que no hizo nada imprudente hasta llegar al embarcadero. Seamos sinceros. Cuando éramos novatos también nosotros subestimábamos la inclinación de una pendiente.

–Seguro que sí, pero os he estropeado vuestra luna de miel.

–No. Lo principal es que Ann se recuperará. Me he casado con la mujer que deseo. Cuándo empiece la luna de miel es lo de menos. Si acaso, lo ocurrido me ha abierto los ojos.

–¿Quieres decir que descubriste el verdadero significado del miedo cuando creíste que podías perderla?

–Sí –reconoció Riley con un torturado susurro–. Si ella siente ese mismo miedo cada vez que yo compito en una carrera, nuestro matrimonio no tendrá ningún futuro. Hay otra cosa que debes saber. Algo de lo que no estoy orgulloso.

–Continúa.

–Ann no quería casarse conmigo, pero la amenacé con hacer algo que la obligó a aceptar –en unos minutos, Riley puso a Nicco al corriente–. El caso es que Ann haría cualquier cosa por ti o para evitar que sufras daño. Me temo que no soy un buen hombre.

–Ya somos dos –confesó Nicco–. Callie hizo de todo, menos envenenarme, para impedir que se celebrara nuestra boda. Tú al menos no usaste la fuerza bruta para arrastrar a Ann al altar.

Riley se quedó mirándolo.

–Tú forzaste ese matrimonio para ayudar a tu hermano. Mis razones para coaccionar a Ann fueron totalmente egoístas.

–No me concedas ningún mérito –repuso Nicco–. Deseé a Callie en el mismo instante en que la vi bajar del avión. ¡Cuando me miró con esos ojazos verdes, quedé cautivado!

–A mí me pasó lo mismo cuando conocí a Ann en el plató –musitó Riley.

–Tu matrimonio es más importante que cualquier carrera. Aunque no hubieras visto ese reportaje ni hubieras venido a Turín, la compañía Danelli seguiría creciendo. Eso sí, sin la emoción que el legendario Riley Garrow le habría aportado, desde luego –Nicco sonrió–. Quizá el destino te tiene reservada otra cosa.

Los sentidos de Riley se pusieron completamente en alerta. Sabía que Nicco no haría esa clase de comentarios sin tener un motivo.

–¿Sabes algo que yo no sepa?

–Mientras hablaba con Enzo en la barcaza, me dijo que quería charlar contigo en privado después de vuestra luna de miel. Dado que Ann todavía se está recuperando, tal vez será conveniente que habléis esta misma semana.

Riley arrugó la frente.

–Si no está muy ocupado, podría ir a verlo hoy mismo –se frotó el pecho con aire ausente–. Ann pasará el resto del día con Callie en el palacio.

–Bien. Llamaré al teléfono privado de Enzo ahora mismo –Nicco se sacó el teléfono móvil del bolsillo. Después de marcar el número, preguntó–: ¿La moto ha quedado muy mal?

–No. He venido en ella, aunque tiene algún que otro desperfecto. Carlo le está echando un vistazo. Había venido para pagártela –Riley sacó su tarjeta de crédito de la cartera.

–Guarda eso. Ya te he dicho que fue nuestro regalo de boda para Ann. ¿Enzo? –Nicco saludó a su hermano–. Celebro haberte encontrado. Tengo a Riley aquí. Al parecer no se irán todavía de luna de miel, así que está disponible –al cabo de un momento, su mirada se desvió hacia Riley–. ¿Te va bien almorzar a las once y media en el palacio?

–Desde luego.

–Yo me encargaré de llevarlo. *Ciao, fratello.*

Uno de los comedores del palacio había sido convertido en una oficina donde Callie llevaba los asuntos de la reserva. Cuando requirieron la presencia de su hermana en el quirófano de la clínica, Ann se sentó delante del ordenador. Era el momento idóneo para buscar empleo por Internet. Sentía demasiados dolores como para hacer otra cosa que estar sentada o tumbada.

Desde el accidente, Riley la había tratado como a una princesa. Todo lo que hacía por ella le parecía poco. Ann no sabía que fuese tan buen cocinero y enfermero. En consideración a sus heridas, la había abrazado con sumo cuidado durante las dos últimas noches. En ningún momento había intentado hacerle el amor.

–¡Llevas horas con eso! –dijo Callie al cabo de un rato, mientras entraba en la oficina con dos vasos grandes de té helado–. ¿Has encontrado ya algo interesante? –se sentó al lado de Ann y le dio uno de los vasos.

–Gracias. Bueno, hay algunas escuelas en Italia que buscan profesores norteamericanos licenciados en Lengua Inglesa, pero ninguna de ellas está en Turín.

–¿Y las escuelas de arte dramático?

–Solo aceptan a italianos nativos. Quizá si me anuncio en el periódico podría dar clases particulares de inglés a los hijos de algún aristócrata.

–No resultaría. Querrían que vivieras con ellos. E imagino perfectamente cuál sería la reacción de tu marido.

Ann también lo imaginaba.

–Quiere que deje el trabajo de actriz.

Callie la miró sorprendida.

–Creí que ya habías decidido no hacer más películas.

–Puede que tenga que hacer una más si está estipulado en mi contrato. D. L. me lo comunicará –la voz de Ann se quebró. No deseaba recibir la llamada de D. L. si era para recibir una mala noticia–. Necesito encontrar un trabajo interesante.

Al cabo de una larga pausa, Callie dijo:

–¿Por qué no llegamos a un acuerdo? Podrías ayudarme con el negocio de la reserva. Anna me mantiene tan ocupada que apenas doy abasto.

–Te lo agradezco, Callie, pero esa es tu especialidad.

La pregunta de Riley acerca de su afán por competir con su hermana aún la incomodaba. Al acordarse de su marido, miró el reloj.

–Son más de las cuatro. Debería regresar a la barcaza.

–Te llevaré. Déjame preguntarle a Bianca si puede quedarse con Anna.

–¿Me prestas el periódico? Quiero echar un vistazo a las ofertas de trabajo.

–Llévatelo. Nicco lo leyó antes de irse a la oficina.

Cuando Callie hubo salido de la habitación, Ann apuró el vaso de té helado y apagó el ordenador. Aquel era el primer día que abordaba la tarea de buscar trabajo, pero estaba decidida a encontrar pronto un empleo que la distrajese por completo y le impidiera pensar en la farsa que era su matrimonio.

Para sorpresa suya, se cruzaron con Nicco mientras se dirigían al embarcadero. Conducía uno de los coches de la compañía Danelli. Riley iba en el asiento del pasajero. Su atractivo masculino era tan poderoso, que Ann casi se quedó sin aliento.

Por el espejo retrovisor vio cómo su cuñado cambiaba de sentido y las seguía. De nuevo, se sintió nerviosa ante la idea de quedarse sola con Riley. Cuando su hermana paró el coche, Ann le agarró el brazo.

–Quedaos a cenar –pidió–. Por favor. Aún queda pollo y arroz de la boda.

–Ni se nos ocurriría hacer tal cosa. Técnicamente hablando, aún estáis en vuestra luna de miel. No mires, pero tu marido viene derechito hacia ti. Te quiere para él solo.

Ann meneó la cabeza.

–No interrumpiríais nada. Créeme.

Su hermana la miró horrorizada, pero, antes de que Ann pudiera explicárselo, la portezuela del coche se abrió. Riley agachó la cabeza y le dio un rápido beso en los labios.

–¿Cómo te encuentras?

–Bien –respondió ella sin aliento.

Callie le dirigió una sonrisa cómplice mientras Riley la ayudaba a salir del coche.

–Nicco dice que se reunirá contigo en el palacio, Callie. Gracias por cuidar de mi esposa.

–De nada. ¿Ann? No te dejes el periódico.

–Ah...

Riley tomó el periódico y cerró la puerta.

–¿Por qué no me telefoneaste? –murmuró contra la mejilla de Ann–. Te habría traído uno.

–Lo pensé en el último momento.

–¿Qué trae que tanto te interesa? –Riley la ayudó a subir a la barcaza.

–Estoy buscando empleo, y esperaba encontrarlo en las ofertas de trabajo.

Siguió un incómodo silencio. Cuando hubieron entrado en la cabina, ambos coches se habían perdido ya de vista. Riley condujo a Ann hasta la pequeña sala de estar y dejó el periódico encima de la mesa.

La cuestión del trabajo lo había enojado. Ann decidió cambiar de tema.

–¿Qué te han dicho de mi moto?

–Has nacido con estrella. Carlo afirma que mañana volverá a correr como nueva.

–Qué alivio –Ann tomó aliento–. ¿Se enfadó Nicco?

–Consigo mismo, tal vez.

–¿Qué quieres decir?

Los labios de Riley formaron una fina línea.

–Creo que será mejor que te sientes.

–¿Por qué? –inquirió Ann alarmada.

–Porque tenemos mucho de que hablar y aún te estás recuperando de ese absurdo accidente.

–Me encuentro mejor.

Riley agarró sus manos y le besó las puntas de los dedos.

–Me he fijado en que ya no cojeas, gracias a Dios –sus radiantes ojos grises la observaron por entre las largas pestañas negras–. Debes saber que hoy me he sincerado con Nicco.

Ella notó que su mundo se estremecía al captar el sentido de sus palabras. Experimentó un agudo dolor en el pecho.

–¿Qué... qué le has dicho?

Riley recorrió la línea de sus labios con el dedo índice.

–Todo.

Los ojos de Ann se humedecieron.

–¿Por qué?

Riley deslizó las manos hasta su cuello.

–Se culpaba a sí mismo por tu accidente. No podía permitir tal cosa.

Ella se separó de él, con la cara blanca como la cera.

–¿Le has dicho que has decidido no correr con el equipo de su empresa, después de todo?

–Digamos que el asunto ha quedado pendiente de discusión a causa de ciertos factores inesperados.

–No puedo creer que me hayas traicionado así –por las mejillas de Ann comenzaron a deslizarse lágrimas–. Sabías perfectamente que no quería que Nicco se sintiera dolido, pero eso no te importa. Te trató como a un hermano. Y mira cómo le has pagado su bondad. ¡Nicco vale mil veces más que tú!

–Ann...

–¡Nos hemos casado para nada! –ella apretó los puños–. ¿A qué clase de juego egoísta has estado jugando? Puede que seas uno de los hombres más atractivos que existen, pero no tienes ni idea de lo que un hombre necesita para ser un esposo. Te dije que no quería casarme contigo, pero te aseguraste de que la boda se celebrase en la mismísima capilla del palacio, con toda la Familia Real presente para apoyarte. «Un solo espíritu, un solo corazón, un solo vientre». ¿Qué clase de broma fue esa?

Los ojos de Riley se habían ensombrecido.

—Deja que te lo cuente todo.

—Has dicho lo suficiente para que me convenza de que eres un hombre sin moral. Sabiendo que has traicionado mi confianza, ¿cómo puedes seguir siquiera en esta barcaza? ¡Nicco te la cedió con toda su generosidad y su buena fe! ¿Sabes una cosa? A pesar de que voy a divorciarme de ti, me quedaré con este anillo en honor a Mitra. Ella me advirtió sobre ti.

La atractiva piel aceituna de él se tornó lívida.

—Cada vez que lo miré, recordaré que Riley Garrow, el príncipe de corazones, no tiene corazón.

CAPÍTULO 9

HOLA, D. L.
El agente alzó los ojos de la mesa. Sus pobladas cejas pelirrojas se enarcaron con sorpresa.

–Dios santo, ¿qué haces aquí? Acabo de ver fu foto en el periódico. ¡Garrow y tú habéis montado el espectáculo del año!

–Tan solo fue eso.

–¿Qué quieres decir?

Ann se acomodó en una de las sillas situadas delante de la mesa.

–Fue una maniobra publicitaria. Me dijiste que necesitaba mantenerme en el candelero.

D. L. dejó escapar una fuerte risotada.

–¿Me estás tomando el pelo?

–¿Me crees capaz de eso?

–O sea, ¿que no os casasteis ni fuisteis de luna de miel en el yate real?

–Era una barcaza, y no hubo luna de miel. He venido para saber si se ha confirmado lo de esa continuación –«y para hacerle una visita a mi abogado», se dijo Ann.

–Todavía no lo sé. Por eso no te he llamado.

–Dime la verdad. ¿Estoy obligada por contrato a trabajar en una segunda parte?

Él se quedó mirándola un instante.

–No.

–Muy bien. Ahora sé a qué atenerme. Quiero que sepas que volveré a instalarme en mi apartamento. ¿Crees que podrías buscarme algo que no comprometa mis principios, D. L.?

Él entrecerró los ojos.

–¿Estarías dispuesta a prestar tu voz en una película de dibujos animados, *La princesa y el guisante*? Pagan bien.

A Ann nunca se le había ocurrido realizar ese tipo de trabajo, pero la idea le resultaba más atractiva que las demás opciones que se le ofrecían.

–¡Sí! ¡Me encantaría!

–Muy bien. Haré las gestiones necesarias para una prueba. Preséntate en el estudio Briarwood mañana a las ocho en punto.

Bien. Necesitaba trabajo.

–¿Por qué no me hablas de mi papel mientras cenamos? Te debo una invitación.

–Encantado, cariño.

Aliviada al saber que su contrato no la obligaba a nada, Ann lo pasó bien cenando con D. L. Este la puso al corriente de los chismes más recientes, lo cual la distrajo y le impidió pensar. Tras despedirse de él, regresó a su apartamento.

La luz roja del teléfono parpadeaba. Ann pudo haber consultado el identificador de llamadas, pero era lo último que deseaba hacer. La única persona que sabía que había regresado a Hollywood era D. L. No obstante, tenía el presentimiento de que aquella llamada era de Callie. Sin duda su hermana la habría llamado a la barcaza, y Riley se habría visto obligado a decirle que había hecho las maletas y se había ido del embarcadero en un taxi.

De eso hacía dieciocho horas. Ann todavía no se sentía capaz de hablar con su hermana.

Jamás había llorado tanto. Exhausta física y emocionalmente, se metió en la cama y se tapó la cabeza con la almohada. Cuando sonó el despertador, a las seis de la mañana, dio gracias por haber podido dormir tantas horas seguidas sin soñar.

Media hora más tarde, se había duchado y se había vestido con un traje de chaqueta rojo y una blusa blanca. Se recogió el cabello con un pañuelo blanco para lucir un aspecto más profesional. ¡Necesitaba aquel trabajo!

No obstante, al abrir la puerta del apartamento para marcharse, su conciencia la instó a echar al menos un vistazo al identificador de llamadas.

Había llamadas internacionales, aparte de unas cuantas nacionales.

En Turín serían en ese momento las tres y media de la tarde. A esa hora Anna dormía su siesta. Callie estaría, casi con toda seguridad, en su oficina.

Sabiendo que, de hallarse en el lugar de su hermana, estaría frenética, Ann marcó el número privado del palacio. Sonaron dos tonos antes de que Callie respondiera en italiano.

—¿Callie? —dijo Ann.

—¡Hola! Después del modo en que Riley te empujó hasta la barcaza el lunes por la tarde, me sorprende que te haya dejado descansar tan pronto —bromeó Callie.

Ann cerró los ojos. Riley no les había dicho ni una palabra. Eso significaba que o bien seguía viviendo en la barcaza o bien se había marchado de Turín, y esperaba que Ann informase a su familia de la ruptura.

—¿Cómo... cómo va todo? —tartamudeó.

—Igual que hace dos días. Ann..., te noto rara.

—Yo a ti también. Quizá sea cosa de la línea.

—La línea no tiene nada que ver. Me llegan fuertes vibraciones de que algo va mal.

Ann había cometido un error al llamar. Ahora no tenía más remedio que contarle a su hermana la verdad.

–Estoy en Los Ángeles.

Callie dejó escapar un gemido de sorpresa.

–¡No puedo creerlo! O sea, ¿que tienes que empezar a rodar ya esa película?

–No.

–Ah. Ya entiendo. Riley y tú habéis decidido continuar vuestra luna de miel ahí.

–Riley no está conmigo.

Siguieron unos momentos de silencio.

–¿Por qué no?

–Voy a... voy a solicitar la anulación.

–¿La anulación? ¿Riley y tú? ¡Pero eso es imposible!

–Me sorprende que Nicco no te haya dicho nada todavía.

–¿Insinúas que se lo dijiste a mi marido y a mí no?

La mezcla de dolor e incredulidad que se reflejaba en la voz de su hermana hizo que Ann se echara a llorar otra vez.

–No puedo seguir hablando o llegaré tarde a una audición. Prometo volver a llamarte más tarde.

–Ann...

Con la voz de su hermana aún resonando en su oído, Ann colgó el teléfono y salió apresuradamente del apartamento para tomar un taxi.

Al llegar al estudio, informó a la recepcionista de que iba de parte de D. L., y esta le indicó que entrara por las puertas situadas a la izquierda y doblara el pasillo hasta la primera habitación de la derecha.

Tras darle las gracias, Ann procedió a seguir sus indicaciones, pero no llegó a doblar el pasillo, porque un hombre de constitución fuerte, vestido con un polo marrón y unos pantalones con pinzas color canela, salió de otra habitación y le cerró el paso. Alzó la cabeza hacia él.

Riley...

Ann notó que las piernas le fallaban. Se apoyó en la pared para no desplomarse.

—Yo también me alegro de verte —murmuró él suavemente—. Me sorprendió que no me vieras en el avión, sentado unas cuantas filas detrás de ti.

¿Qué?

—Ah, ah —Riley le tomó barbilla con la mano—. No vayas a montar una escena —le posó un suave beso en los labios—. Saldrás conmigo y te subirás en mi coche alquilado. Si gritas, solo conseguirás llamar la atención y ponerte en evidencia. La recepcionista sabe que eres mi esposa y pensará que tenemos una de esas peleas tan frecuentes en los famosos. ¿Qué contesta, señora Garrow? ¿Vendrá de buen grado o tendré que llevarla a cuestas? Ya lo he hecho antes y no dudaré en hacerlo de nuevo.

El corazón de Ann latía sin control. Maldito fuera por aquel dominio inquebrantable que ejercía sobre ella.

—¡Eres un demonio! —murmuró con un hilo de voz.

Su deslumbrante sonrisa dejó en ridículo la furia de Ann.

—Muchas mujeres me han dicho eso mismo antes. Esperaba que a mi esposa se le ocurriese algo más original, aunque reconozco que nunca me habían llamado «príncipe sin corazón». Lo de «príncipe» le da un toque que me gusta.

—¿Qué es lo que quieres? —preguntó ella derrotada.

—Tener una charla razonada contigo.

—Eso no es posible.

–No cuando uno de los interlocutores es el único que habla.

–Si pretendes conseguir que me sienta culpable, no te dará resultado, Riley. No se puede recuperar la confianza perdida. Hay cosas que no pueden perdonarse –susurró Ann.

–La hermana Francesca tenía una opinión distinta. Según me dijo, estamos obligados a perdonar a nuestros semejantes. Verás, era psiquiatra, además de una santa.

El cuerpo de Ann tembló.

–¿Te ingresaron en un pabellón psiquiátrico después del accidente? –inquirió con voz trémula.

–Suena peor de lo que fue en realidad. Bart, el amigo de mi padre, iba una y otra vez con la intención de verme, pero yo le advertía a la hermana Francesca que no lo dejara pasar o que se atuviera a las consecuencias.

Ann se estremeció.

–Ella me advirtió que el odio y la amargura que sentía hacia mi padre estaban destrozando mi alma. Yo sabía que era cierto, pero te juro que en aquel momento no me importaba nada. A pesar de que la echaba de la habitación, ella regresaba para sentarse a mi lado noche tras noche mientras yo expresaba en voz alta mi furia contra Dios, contra la naturaleza, contra toda la humanidad. Sobre todo, contra ti.

Horrorizada al saber que su rechazo había contribuido al tormento de Riley, Ann se sintió sacudida por un nuevo dolor.

–Y un día, cuando estaba ya demasiado exhausto para seguir manifestando ira, la hermana Francesca me dijo que tenía visita. Era Bart. El viejo y leal Bart. Amigo de mi padre hasta el final. A partir de entonces, siguió visitándome. Cuando me dieron el alta, fui capaz de darle un abrazo, aunque aún no había perdonado a mi padre. Eso no ocurrió hasta el día de nuestra boda. Mitra me dijo una cosa que me hizo verlo todo de forma distinta.

—¿Qué te dijo?

—«El alcoholismo de tu padre era una enfermedad, pero él siempre te quiso. ¿Sabes por qué lo sé? Porque nunca te abandonó».

El aire que Ann había retenido en sus pulmones escapó por fin.

—Me alegro de que hayas resuelto una parte tan importante de tu pasado, pero nada de eso tiene que ver con nosotros.

Olvidando su cita para la audición, Ann corrió hacia las puertas dobles y salió del estudio. Fuera se topó con un ejército de cámaras que la deslumbraron con sus flashes. Cuando se giró para refugiarse de nuevo en el edificio, chocó con algo.

—Vamos. Mi coche está a la vuelta, en el aparcamiento.

Los profesionales de la prensa sensacionalista de Hollywood eran tan implacables como los *paparazzi* europeos. Todo aquello era culpa de D. L. Era su forma de promocionar a Ann.

Riley la agarró por la cintura y la llevó hasta el coche, estacionado a la sombra de una palmera. Después condujo hasta el apartamento. Cuando estuvieron a salvo en el comedor de Ann, ella se giró hacia él.

—Gracias a ti, he perdido una prueba para un papel que me interesaba mucho.

—No te preocupes. Sé de otro papel hecho para ti y solo para ti. Te prometo que te va a encantar.

Con ese críptico comentario, Riley se digirió al dormitorio y empezó a guardar de nuevo en la maleta las cosas que Ann había sacado. Ella lo siguió hasta el vano de la puerta.

–¡Estate quieto, Riley!

–Ya he hablado con el administrador del edificio. No alquilará tu apartamento sin que des antes tu consentimiento. He quedado en llamarlo para decirle qué muebles querrás que se envíen a Italia.

Mientras Ann permanecía allí de pie, inmovilizada por la pura fuerza de su presencia, él entró en el cuarto de baño para guardar los artículos de tocador. Luego salió con la maleta en la mano.

–¡No iré a ningún sitio contigo!

Al instante supo que había cometido un error al decir aquello. Riley se acercó a ella, la alzó del suelo y se la echó sobre el hombro. De camino hacia la puerta, agarró el bolso de Ann de encima de la mesa.

–Me parece que ya está todo –comentó antes de cerrar la puerta con el pie. A continuación avanzó por el pasillo hasta el ascensor.

–¡Suéltame! –exigió ella entre dientes, porque en el ascensor había otros ocupantes que les sonreían.

Él no le hizo caso hasta que llegaron al coche y la acomodó en el asiento del pasajero. Después guardó el equipaje en el maletero.

–Esto es ridículo, Riley –protestó Ann mientras él ponía el motor en marcha.

–Estoy de acuerdo, pero es que te encanta hacerlo todo a la brava. Siempre ha sido así.

–¡No te atrevas a intentar psicoanalizarme, Riley!

Él le lanzó una penetrante mirada con sus ojos plateados.

–No es la experiencia más agradable del mundo, pero a veces es necesaria.

–¿Adónde vamos? Por aquí no se va al aeropuerto.

–No tengo intención de ir al aeropuerto todavía. Antes quiero que veas una cosa.

Riley siguió conduciendo hasta dejar atrás la señal indicadora que marcaba los límites de la ciudad de Santa Mónica. Se adentraron en un modesto barrio y Riley aminoró la velocidad delante de una pequeña casa de una planta con jardincillo, idéntica a otras muchas.

–Aquí vivió mi padre con los abuelos hasta que estos murieron. Con el dinero de la venta de la casa compró el equipo que necesitaba para realizar sus números. Nunca llegué a verla por dentro. Según Bart, siempre viví con mis padres en caravanas y tiendas de campaña. Luego mi madre se marchó y mi padre y yo nos quedamos solos.

Cada palabra de Riley arrancaba una lágrima al corazón de Ann.

–Quería que vieras mis orígenes. Y ahora quiero que conozcas a una persona –aumentó la velocidad. Condujeron en silencio hasta el aparcamiento del hospital de San Esteban.

Ann comprendió a quién refería.

–No... no quiero conocer a la hermana Francesca.

–Ella querrá conocerte –repuso él suavemente–. Tranquila, no eres una paciente. No intentará psicoanalizar a la mujer a la que yo solía maldecir a diario.

–¡Lo único que hice fue declinar tu invitación a cenar! –exclamó Ann.

Riley alzó la mano libre para darle un suave masaje en la nuca.

–Aun así, tu rechazo me traumatizó.

–No me lo digas... Fue la primera vez que una mujer te dio una negativa.

–¿Debo responder la verdad?

Sin perder tiempo, Riley la acompañó al interior del hospital. En cuanto se aproximaron al mostrador de recepción, Ann oyó que una de las monjas exclamaba:

–¡Si es el señor Garrow!

Él sonrió.

–¿Cómo le va, hermana Ángela?

La cara de la monja se iluminó como un árbol de Navidad.

–Le diré a la hermana Francesca que está aquí. Vimos las fotografías de usted y de su esposa en el periódico. ¡La hermana Francesca no podrá creer que haya venido desde Italia para verla! –se dirigió rápidamente a una oficina y llamó a la puerta.

Muy pronto, todas las monjas habían salido al pasillo para ver a qué se debía el alboroto. Ann se dio cuenta de que las hermanas adoraban a Riley. Cuando apareció detrás del mostrador una monja de mediana edad, vestida con un hábito blanco, las demás se dispersaron.

Unos afectuosos ojos castaños resplandecieron mientras miraban a Riley.

–Creí que nos habíamos librado de usted.

Riley sonrió.

–Hermana Francesca, quisiera presentarle a Ann, mi esposa.

–¿Qué tal está, señora Garrow? No esperaba tener nunca el placer de conocer a una mujer tan valiente.

Riley dejó escapar una risita.

–Seguro que no.

–Para mí también es un placer conocerla –murmuró Ann.

La mirada de la monja se desvió hacia Riley.

–A juzgar por la noticia del periódico, no perdió usted el tiempo cuando salió de aquí.

–Usted misma me lo dijo más veces de las que quisiera recordar: «El tiempo pasa deprisa, señor Garrow. ¿Va a permitir que se le agote sin haber vivido de verdad?». Decidí seguir su consejo y comprobar si el matrimonio era como usted decía.

–¿Y lo es?

Ann contuvo la respiración.

–Creo que dejaré que mi esposa responda a su pregunta. Ella es la santa de la familia y no le mentirá.

«¡Riley...!», gritó desesperado el corazón de Ann.

Él le acarició el cuello.

–Si se muestra tan tímida es porque estamos en nuestra luna de miel.

–Una mujer tímida jamás se habría casado con usted, señor Garrow.

Riley prorrumpió en risas. Ann intentó no sonreír, pero lo hizo sin poder evitarlo. Cada una a su manera, las dos amaban a aquel hombre imposible. Pero la hermana Francesca no se había casado con él. Nunca comprendería el dolor de Ann.

–Estamos descubriendo que tiene sus altibajos, hermana –respondió.

Los ojos de la monja descansaron sobre Ann.

–En el caso de su marido, que usted no lo haya dejado todavía es como una señal divina.

Ann sintió que otra daga perforaba su corazón.

–No la entretendremos más, hermana. Cuando nos vayamos de aquí, volaremos a Prunedale.

Los ojos de Ann se desorbitaron con sorpresa.

–Ann va a enseñarme la granja donde creció.

La monja sonrió.

–Yo también me crié en una granja.

–Ah, ah, hermana. Se supone que nunca debe hablar de sí misma, ¿recuerda?

–He hecho una excepción en honor a su esposa, que se ha atrevido a contraer con usted un compromiso para toda la vida. Va a necesitar toda la ayuda que el cielo pueda darle, querida mía. Que Dios los bendiga a los dos –la hermana Francesca hizo la señal de la cruz y, finalmente, regresó a su oficina.

–Parece más dura de lo que es en realidad –susurró Riley a Ann mientras salían–. Seguro que ahora mismo está derramando lágrimas de felicidad ahí dentro.

Una santa y una gitana habían hecho llegar a Ann una advertencia. Pero ella sabía mejor que ambas qué clase de hombre la tenía prisionera.

–Después de ir a Prunedale, volaremos a San Francisco y desde allí regresaremos a casa.

–Lo siento, Riley. Volveré a Los Ángeles.

–No puedes –se limitó a responder él.

–No te corresponde a ti decidirlo. Hace siglos que pasó la época feudal.

–Eso díselo al príncipe Enzo. Está esperando nuestro regreso a Turín.

Ella se quedó paralizada.

–Antes de acusarme de utilizar al príncipe para mis execrables y egoístas fines, hay algo que debes saber. El otro día, mientras estabas con Callie en el palacio, almorcé con el hermano de Nicco a instancias suyas. No fue una visita de cortesía.

»Enzo se enfrenta a una cuestión socioeconómica que ha acabado adquiriendo un controvertido cariz político. Recientemente ha convocado a varios expertos para formar una comisión que estudie el problema y proponga una política adecuada. Para sorpresa mía, el Príncipe me pidió que formase parte de ese grupo de trabajo.

¿Es que nadie se podía resistir a los encantos de su

marido? ¿Ni siquiera un príncipe? Quizás Ann estaba teniendo una especie de extraño sueño.

–Quiere que tú participes también en el proyecto.

Ella se frotó los ojos, derrotada.

–Estaba deseando decírtelo cuando Nicco me llevó a la barcaza, pero me temo que la situación se nos fue de las manos. Teniendo en cuenta lo mucho que aprecias tanto a Enzo como a Nicco, he creído que debíamos anteponer el asunto a nuestros problemas personales. El príncipe espera una respuesta. No me parecía oportuno hablarte de ello por teléfono, por eso te seguí.

¿Riley había volado hasta Los Ángeles a causa de Enzo?

Para Ann, fue como sufrir una segunda muerte.

–Aquí tienes el biberón de Anna. ¡Está contentísima de que hayas vuelto a casa para darle de comer! –mientras Ann acunaba a la pequeña en sus brazos, Callie se sentó frente a ella, en el sofá, y la miró con ansiedad. Habían terminado de cenar y los perros no se veían por ninguna parte–. Hace unos minutos vi a Riley y a Enzo pasar por el pabellón montados a caballo. ¡Tienes que decirme qué sucede antes de que vuelvan!

–He vuelto con Riley únicamente por cortesía hacia Enzo. Cuando haya hablado con él, regresaré a Los Ángeles. Allí tendré posibilidades de impartir lengua y arte dramático en alguna escuela privada. Y si me ofrecen un buen guión, me lo pensaré...

–¡Ann, quiero saber por qué dejas a Riley!

–¿Insinúas que Nicco no te ha dicho nada?

–Si mi marido sabe algo, no ha abierto la boca.

Por supuesto que no. La decepción que se había llevado con Riley era demasiado grande.

–Yo tampoco deseo hablar de ello, Callie.

–Debe de haberte hecho mucho daño –susurró su hermana.

Ann besó la mejilla de la pequeña.

–Lo superaré. Lo único que lamento es que Nicco y tú os hayáis visto envueltos en una situación que jamás tendría que haberse producido. Y todo por culpa mía.

–No digas eso. Somos familia.

–Sí, pero soy yo la que siempre tiene las crisis o la que las crea. Mira lo que pasó cuando te obligué a venir a Italia en mi lugar.

–¡Aquí encontré mi vida! ¡Eso fue lo que pasó, y lo sabes perfectamente! Te estaré eternamente agradecida.

–Celebro que lo tuyo tuviera un final feliz, Callie.

–Riley me dijo que volasteis a Prunedale antes de venir.

–Fue idea suya.

–¿Y qué tal fue la experiencia?

–Dolorosa. Los Montague están recogiendo la cosecha de manzanas. Riley no ayudó nada al preguntarle al señor Montague si podía recoger algunas. Me trajo muchos recuerdos –la voz de Ann tembló.

–¿Visteis al doctor Wood?

–Sí. Estaba esterilizando al nuevo sabueso de Landau.

–¿Así que el viejo Topper murió por fin?

–¿Acaso no muere todo?

Los ojos de Ann se inundaron de lágrimas. Se levantó del sofá.

–¿Quieres ocuparte de Anna? Debo ir arriba antes de que Enzo llegue y me encuentre así.

A Callie también se le saltaron las lágrimas. Se puso de pie y la rodeó con sus brazos.

–Desearía poder ayudarte.

Ann le entregó a la pequeña y después corrió hacia el ala este del palacio.

Una hora más tarde, Riley entró en el dormitorio para darse una ducha rápida. Anunció que se reunirían con Enzo en la oficina de Callie en cuanto él estuviese listo.

Ann ya se había duchado y se había puesto un traje de chaqueta negro y una blusa blanca. El maquillaje ocultó lo peor de sus ojeras. Riley la había sometido a un intenso escrutinio antes de retirarse al cuarto de baño. Ann supuso que se debía a que era la primera vez que la veía peinada con trenza.

No habían hablado desde que se bajaron del avión en el aeropuerto de Turín. Ella le había dicho a bordo que pensaba regresar a California al día siguiente. Al parecer, él había captado al fin el mensaje.

Ann salió del dormitorio y se dirigió a la oficina de Callie.

–Ya estás aquí –Enzo se levantó de inmediato para abrazarla. Seguía vestido con la ropa de montar. Sus ojos castaños la recorrieron de arriba abajo con admiración–. Esta noche pareces una princesa.

–Gracias. ¿María ha venido contigo?

–No. Sabía que íbamos a hablar de negocios, así que se fue con Alberto a visitar a sus padres. Siéntate, Ann.

Ella tomó asiento frente a él en una silla tapizada.

–Te agradezco que hayas aceptado reunirte conmigo. Sé que Riley y tú aún estáis en vuestra luna de miel. Me contó lo de tu accidente. Si estás tan hermosa, es porque debes de encontrarte mucho mejor.

–Estoy bien, gracias. La buena noticia es que no destrocé la moto.

–Eso era lo que menos preocupaba a tu marido. Te aseguro que, cuando hablé con él, estaba muy alterado.

–He descubierto que Riley es de esos hombres que prefieren conducir ellos siempre –lo cual había contribuido a acrecentar la fricción entre ambos mientras estuvieron en Prunedale.

–Solo hasta que te hayas curado del todo –terció Riley. Al parecer, los había oído hablar mientras entraba en la habitación.

Enzo se levantó para estrecharle la mano antes de indicarle que tomara asiento al lado de Ann. Esta se negó a mirar a su marido por temor a derretirse. Recién duchado, olía maravillosamente. Ann sabía que estaría increíblemente atractivo con la camisa negra de seda y los pantalones grises que había visto colgados en el armario un poco antes.

–Iré directo al grano para no robaros demasiado tiempo –Enzo miró a Ann–. Nicco y Callie me hablaron de Boiko, el chico que trajo una ardilla a la reserva.

El tema de conversación sorprendió a Ann tanto como la seriedad de su tono.

–Después me enteré de que Riley y tú lo llevasteis a su casa con un conejo y descubristeis que vivía en un campamento de las afueras.

Ella asintió.

–Lo conozco. He estado allí varias veces, y ayer volví a ir con varios funcionarios del parlamento. La precaria situación de los gitanos en Europa no es nada nuevo. Me indigna tanto como a vosotros que se les trate como a extranjeros. Y quisiera hacer algo al respecto durante mi reinado.

–¡Estoy de acuerdo, Enzo! –exclamó Ann fervorosamente, entrechocando las palmas de las manos.

–El problema no se solucionará de la noche a la mañana. Y las medidas que se tomen, sean cuales sean, resultarán insuficientes. Pero por algo se empieza.

Olvidando la promesa que se había hecho a sí misma de no prestar atención a Riley, Ann se volvió hacia él. Los ojos de ambos se encontraron. La expresión de Riley era tan solemne como la de Enzo. Ella miró de nuevo al príncipe.

–En la barcaza tuve oportunidad de hablar con Mitra y sus parientes. Fue muy ilustrativo y alentador comprobar que su familia se ha integrado en nuestra cultura hasta el punto de tener empleos y casas decentes –Enzo frunció el ceño–. No obstante, la inmensa mayoría de los gitanos que carece de dinero siempre estarán marginados. Al no conocer el idioma, no pueden ir a la escuela ni conseguir trabajo. Es un círculo vicioso.

»Riley ha convivido con gitanos durante diecisiete años. Naturalmente, hay diferentes dialectos y refugiados que acuden de muchos países, pero Riley habla su lengua y conoce sus costumbres. Y, lo que es igual de importante, fue a un colegio italiano durante diez años y conoce bien nuestro sistema educativo. Habla con soltura inglés, italiano, portugués y ruso. Para alguien que, como yo, está buscando personas adecuadas para poner en marcha un plan para ayudar a esa gente, tu marido es un regalo caído del cielo –añadió mirando a Ann–. Le he pedido que dirija la comisión que he seleccionado para esbozar la primera fase del plan. Sería un cargo para toda la vida. El trabajo con los gitanos habrá de continuar a lo largo de una generación con objeto de establecer un vínculo de confianza entre ambos pueblos.

»Una fundación creada por mi padre hace años aportará el dinero necesario. Una vez que se haya calculado un presupuesto, se destinarán más fondos al proyecto.

»Hasta que esta nueva Alianza Ítalo-Gitana crezca hasta el punto de necesitar instalaciones mayores, el ala este de este palacio albergará la sede de la organización –Enzo observó los ojos de ella durante largos instantes–. Riley me ha dicho que aceptará el cargo de presidente de la Alianza con una sola condición...

CAPÍTULO 10

POR TU silencio, deduzco que estás abrumada –murmuró Enzo a Ann. Luego se levantó–. Me iré para que podáis hablar de la condición que Riley ha puesto. Llamadme mañana o pasado mañana, cuando hayáis tomado una decisión. No hace falta que me acompañéis a la puerta. Buenas noches.

Enzo le dio a Ann un beso en la mejilla y luego salió de la habitación. Ella se giró hacia Riley, lista para iniciar la batalla.

–No te atrevas a exigir que no me divorcie de ti para aceptar ese cargo.

Riley se encogió de hombros con la elegancia que lo caracterizaba.

–Si tanto deseas el divorcio, no te pondré trabas. Esa no era la condición, por cierto.

El sorprendente comentario, expresado en un tono tan indiferente, dejó a Ann atónita.

–Es imposible cambiar la forma de ser de los gitanos viejos. Son sus hijos los que necesitan ayuda para emprender el camino de la emancipación. El ala este del palacio dispone de habitaciones suficientes para albergar la fundación, y aún quedará sitio para montar un aula.

»Necesitaremos a un profesor que, sobre todo, esté libre de prejuicios. Tú hiciste grandes progresos con Boiko sin hablar una sola palabra de romaní. El doctor Donatti me ha dicho que el chico ha venido a la reserva varias veces buscándote. Podrías aprender romaní. Conmigo colaborando contigo como intérprete, podríamos obtener unos resultados increíbles. La reserva es un parque de recreo natural para los niños. Se sentirían muy cómodos aquí.

»El objetivo consistirá en prepararlos para que asistan a la escuela. Exigiría una gran dedicación por tu parte –Riley frunció sus negras cejas–. Un profesor inadecuado podría echarlo todo a perder. Por eso puse como condición que firmaras un contrato por cinco años –se levantó–. Antes de acusarme de estar haciéndote chantaje, recuerda que todo esto fue idea de Enzo, no mía. Ya ha reunido una comisión. Si yo rechazo el cargo, otro lo ocupará. Aunque me gustaría aceptar, no puedo hacer esto solo, y tú eres la única persona en quien confío.

»Qué irónico resulta que la única mujer a la que necesito no solo no confíe en mí, sino que esté deseando perderme de vista. Callie me ha prestado su coche para que me lo lleve al embarcadero esta noche. Volveré a las seis de la mañana con las cosas que te dejaste en la barcaza. Estoy seguro de que querrás incluirlas en tu equipaje.

Ann estaba petrificada. Ahora el hermano de Nicco también se llevaría una impresión nefasta de ella.

–¿Le dijiste a Enzo cuál era tu condición?

–No, ni él me lo preguntó. He descubierto una cosa de los hermanos Tescotti. Son personas muy reservadas que ofrecen a los demás la misma cortesía. Nunca había visto hombres mejores. Ha sido un privilegio para mí conocerlos –Riley recorrió a Ann con la mirada, como si quisiera memorizar sus facciones–. Te has puesto muy pálida. Debes de tener jaqueca. Ve a acostarte, Ann.

***

«Ha sido un privilegio conocerlos».

«Ha sido un privilegio conocerlos...».

Ann se despertó con el pulso latiendo en sus oídos, esforzándose por respirar. Sentía un peso opresivo en la zona del pecho. Salió rápidamente de la cama, preguntándose si estaría sufriendo un infarto. Su cuerpo estaba empapado de un sudor frío.

En teoría, el analgésico que había tomado para combatir la jaqueca debería haberla ayudado a dormir durante toda la noche. Una mirada al reloj le indicó que eran tan solo las dos y diez de la madrugada.

Ann se aferró al poste de la cama con ambas manos, deseando calmarse, pero su cuerpo se negaba.

De pronto, comprendió a qué se debía el dolor.

Riley.

La idea de no volver a mirarlo a los ojos, de no volver a estar junto a él, era inconcebible. Repentinamente, las preocupaciones del pasado dejaron de tener importancia. Al igual que la hermana Francesca y Mitra, Ann lo amaba, pura y simplemente. Riley había hecho sufrir a aquellas dos mujeres, pero ellas seguían queriéndolo y lo apoyarían siempre sin reservas.

Ann tendría que hacer lo mismo, porque una vida sin él no era vida en absoluto.

Sin perder un solo segundo más, llamó a un taxi y después avisó al guardia de seguridad que custodiaba la verja para que lo dejara entrar en el ala este del palacio.

El resplandor de la luna llena que se reflejaba en el río hacía innecesario encender la lámpara. Riley permanecía sentado en el sofá, encorvado, con las manos entrelazadas entre las rodillas. La botella de whisky aún sin abrir lo miraba desde la mesa.

Mitra se la había dado como regalo de despedida la noche antes de que se marchara a Rusia con su padre.

«Quiero que lleves esta botella contigo adondequiera que vayas. Cada vez que sientas la tentación de abrirla, recuerda que representa la enfermedad de tu padre».

Por algún milagro o designio divino, la botella había permanecido intacta durante doce años.

Aquella noche, sin embargo, estaba dispuesto a abrirla, aunque solo fuese para borrar a Ann de su mente unas cuantas horas.

Un sonido repentino interrumpió sus sombríos pensamientos. Tuvo la inequívoca impresión de que había alguien merodeando cerca de la barcaza. Inmediatamente se pegó a la pared, al lado de la puerta. Oyó pisadas acercándose. Luego llamaron a la puerta.

–¿Riley? –llamó una voz familiar–. ¡Soy Ann! ¿Me oyes? ¡Abre!

Riley retiró el pestillo y abrió la puerta de golpe, haciendo que ella diese un grito.

Ann se llevó una mano al pecho.

–¡Me has asustado!

A pesar del susto, Riley notó que sus ojos verdes lo miraban con una avidez que él jamás había visto con anterioridad. El corazón le dio un vuelco.

Ella permaneció allí de pie, con la luz de la luna bañando su espesa melena rubia. El resplandor iluminaba la impresionante línea de sus curvas y sus largas piernas. La primera vez que Riley la vio, la belleza de sus clásicas facciones lo había cegado hasta tal punto que, a partir de ese momento, no había tenido ojos para ninguna otra mujer.

Pero desde entonces habían ocurrido muchas cosas, y lo que él veía ahora era su belleza interior. Una belleza radiante.

–¿Cómo diablos se te ocurre presentarte aquí en plena noche sin avisar? Pude haberte hecho daño –dijo con voz temblorosa.

–Era un riesgo que estaba dispuesta a correr para estar con el marido al que amo más que a mi propia vida –Ann alzó las manos hasta su pecho–. Pero Riley, cariño, ¿te parece que esas son maneras de darle la bienvenida a tu esposa?, ¿a la mujer que se ha unido a ti para siempre?

Él sintió maravillado cómo los brazos de Ann se deslizaban hasta su cuello.

–He sido una tonta –ella le besó el cabello, los ojos, la mandíbula, la boca–. Para bien o para mal, te quiero, Riley Garrow. Y me da igual si tú no puedes decirme lo mismo. Me conformaré con lo que me digas. Con lo que quieras darme.

–Basta ya de palabras, cariño. Quiero demostrarte lo mucho que significas para mí. Ven a la cama.

Ann le dio la mano y lo siguió. Riley no sabía si sus pies tocaban el suelo, porque su alma estaba flotando.

En brazos de Riley, Ann se sintió inmortal. Después de satisfacer mutuamente sus necesidades durante horas, él se quedó dormido. Pero ella no quería dormirse.

Además de ser el hombre más maravilloso del mundo, era también el más atractivo. El solo hecho de contemplarlo producía a Ann un intenso placer. Aunque dormía profundamente, sus brazos no la soltaron.

Mientras observaba sus masculinas facciones y el cabello negro rizado que tanto le gustaba acariciar, Ann comenzó a sentirse impaciente por que la poseyera de nuevo. Incapaz de esperar a que se despertara, empezó a besarlo.

Las fuertes piernas de él se enredaron con las suyas. Luego Riley redescubrió su cuerpo con las manos y empezó a besarla hasta que la tierra tembló y se convirtieron en una única y vibrante entidad.

–¿Adónde crees que vas? –dijo Riley mucho más tarde. Sus posesivos brazos no permitían que se separase de él.

–A preparar algo de comer. Es más de la una.

–Lo prepararemos juntos –susurró Riley–. Pero antes hay una cosa que quiero decirte.

Ella le acercó un dedo a los labios.

–Ya lo sé. Me lo has dicho de cien formas distintas desde que te presentaste a cenar con Nicco. No soy políglota como tú, pero por fin he aprendido tu idioma.

Los ojos de él se habían convertido en plata líquida.

–La palabra «amor» nunca había significado nada para mí, Ann. Hasta ahora. La gente que habla inglés la utiliza para describir cualquier cosa, privándola de su verdadero sentido. ¿Sabes que en romaní no existe una palabra para decir «amor»? Mitra me dijo que el verdadero significado de este sentimiento es demasiado importante como para usarlo indiscriminadamente. Uno debe hallar otros medios para expresarlo.

Ann posó una mano en su mejilla.

–Pues creo que has hallado todos los medios, porque jamás había sentido un amor como este. Mitra me advirtió que pondrías a prueba mi amor. Ahora lo entiendo. No quiso decir que no me amases, sino que yo debía aprender a interpretar tu forma de expresar tu amor, o todo estaría perdido. A su manera, la hermana Francesca vino a decirme lo mismo. ¡Qué mujeres tan extraordinarias!

–Tú eres la más extraordinaria de todas –murmuró él con voz cargada de sentimiento.

–Cuando me dices esas cosas tan bonitas, sería capaz de hacer cualquier cosa por ti. Voy a preparar el almuerzo.

–Te ayudaré.

Se pusieron las batas y salieron del cuarto.

–¿Qué es eso? –Ann se desvió hacia la mesa y tomó la botella de whisky.

Riley sonrió.

–Tiene su historia. Te la contaré más tarde. Ahora mismo lo único que importa es que el hombre que ves está locamente enamorado de su esposa. Ya no necesitaré seguir llevando esa botella conmigo.

Riley le quitó la botella de la mano y se dirigió a la cocina. Sorprendida, Ann vio cómo la abría y vertía su contenido en el fregadero. Después de tirar la botella vacía a la basura, Riley se giró hacia Ann y abrió los brazos.

Ella acudió corriendo.

Cuando se detuvieron, Ann se bajó de la moto y se quitó el casco. Desde el alto prado de montaña podía divisar Locarno, a orillas del lago Maggiore, en el cercano y exuberante valle. Casi habían llegado a la frontera de Suiza, y las encantadoras casas y el sonido de las trompas de los Alpes le producían la sensación de haberse adentrado en las páginas de un cuento de hadas.

Era la primera excursión en moto que hacían los cuatro juntos. Callie no quería que Ann se cansase, así que habían planeado pernoctar en Locarno y emprender el viaje de regreso a Turín al día siguiente.

Unos brazos masculinos, sólidos como la roca, rodearon su cintura. Aun a través del grueso cuero, Ann podía sentir los fuertes latidos del corazón de Riley contra su espalda.

—¿Qué te parece? —inquirió él besándole el cuello.

—No podría describirlo. Es demasiado hermoso. Me siento tan feliz... Oh, Riley —Ann se giró para abrazarlo—. Me siento tan eufórica que podría elevarme flotando...

—No pienso dejar que eso ocurra.

Sus bocas se unieron apasionadamente. Habían compartido aquella sensación de éxtasis desde la noche que Ann fue en busca de su esposo, un mes antes.

Ahora que Riley había aceptado el puesto que Enzo le ofreció, sus vidas se habían visto transformadas. Se habían trasladado al ala este del palacio, pero aún pasaban los fines de semana en la barcaza.

Cuando no estaban ocupados hablando y haciendo planes para la Alianza, se hallaban el uno en brazos del otro.

—Cuando queráis marcharos, avisadnos —dijo Nicco antes de devorar a Callie.

—¿Qué me dice, señora Garrow? ¿Está preparada para pasar una noche delante de un agradable fuego?

—¡Oh, sí! —Ann lo besó con pasión—. A Callie le chifla ese sitio donde vamos a hospedarnos.

—Pues pongámonos en marcha. Hay algo muy importante de lo que quiero hablarte.

El tono de Riley resultaba misterioso. Ann presintió que no se trataba de un asunto de trabajo.

Esa noche, más tarde, saciados tras una deliciosa cena, Riley y ella permanecían recostados delante de la chimenea. Estuvieron un rato en silencio, mirándose y acariciándose.

Ann jamás se cansaría de mirar a su marido.

—Hemos hablado de todo excepto de nuestros hijos —empezó a decir Riley.

–¡Es lo que más deseo en el mundo! –exclamó ella suavemente–. ¿Cuántos quieres tener?

–Uno para empezar, cariño.

–Eso no puedo prometértelo.

Al principio él arrugó la frente, luego echó la cabeza hacia atrás y se rio. Cuando Ann quiso darse cuenta, Riley la había colocado encima de sí. Sus ojos brillaban risueños.

–Gemelos. Eso sí que sería tremendo.

–¿Te asusta la posibilidad?

Riley se puso serio.

–No, si tú eres la madre.

–Cariño...

Él le había entregado su corazón. Y lo había hecho movido por su fe en ella. De Ann dependía que algún día Riley aprendiese a creer verdaderamente en ese poderoso, magnífico, sagrado, sublime y, al mismo tiempo, frágil sentimiento llamado amor.

Bianca®...
la seducción y
fascinación del romance

No te pierdas las emociones que te
brindan los títulos de Harlequin® Bianca®.

¡Pídelos ya! Y recibe un descuento especial por la orden de dos o más títulos.

HB#33547	UNA PAREJA DE TRES	$3.50	☐
HB#33549	LA NOVIA DEL SÁBADO	$3.50	☐
HB#33550	MENSAJE DE AMOR	$3.50	☐
HB#33553	MÁS QUE AMANTE	$3.50	☐
HB#33555	EN EL DÍA DE LOS ENAMORADOS	$3.50	☐

(cantidades disponibles limitadas en algunos títulos)

CANTIDAD TOTAL	$ _____
DESCUENTO: 10% PARA 2 Ó MÁS TÍTULOS	$ _____
GASTOS DE CORREOS Y MANIPULACIÓN	$ _____
(1$ por 1 libro, 50 centavos por cada libro adicional)	
IMPUESTOS*	$ _____
TOTAL A PAGAR	$ _____

(Cheque o money order—rogamos no enviar dinero en efectivo)

Para hacer el pedido, rellene y envíe este impreso con su nombre, dirección y zip code junto con un cheque o money order por el importe total arriba mencionado, a nombre de Harlequin Bianca, 3010 Walden Avenue, P.O. Box 9077, Buffalo, NY 14269-9047.

Nombre: _____

Dirección: _____ Ciudad: _____

Estado: _____ Zip Code: _____

Nº de cuenta (si fuera necesario): _____

*Los residentes en Nueva York deben añadir los impuestos locales.

Harlequin Bianca®

CBBIA3

BIANCA.

La dama de honor estaba enamorada... del padrino.

Jenna estaba muy contenta de ser la dama de honor de su prima, pero le habría gustado que alguien la hubiera avisado de que el padrino era el fotógrafo Ross Grantham, el hombre con el que una vez había intercambiado los votos matrimoniales... en esa misma iglesia.

Habían pasado dos años desde la última vez que lo vio, dos años desde que Ross traicionó los votos. ¿Podrían firmar una tregua durante la boda? Pero, ¿qué pasaría con su matrimonio... y con el increíble deseo sexual que seguían sintiendo el uno por el otro?

HARLEQUIN
BIANCA

Sara Craven

TREGUA MATRIMONIAL

TREGUA MATRIMONIAL

Sara Craven

Deseo®

JUGAR CON FUEGO

Sharon Sala

De nueve a cinco, era Amelia Beauchamp, la típica bibliotecaria de una ciudad pequeña. Pero cuando se ponía el sol se convertía en Amber Champion, una sexy camarera en la que se había fijado Tyler Savage, el mayor calavera de la ciudad. Tyler era un verdadero rebelde que jamás pondría los ojos en ella si supiera quién era realmente, y ella lo sabía. Así que no le quedaba otra opción que seguir el juego...

Sin embargo, resultaba que Tyler sabía perfectamente que la tímida Amelia y la coqueta Amber eran la misma persona, pero lo estaba pasando demasiado bien siguiéndole el juego. En cuanto a las cenas románticas y los largos paseos que compartían... bueno, no eran más que parte del juego. Pero cada vez tenía más ganas de hacer que ese juego se hiciera realidad.

Amelia de día... Amber de noche

Julia ®

Eran duros y fuertes... y los hombres más guapos y dulces de Texas.
Diana Palmer nos presenta a estos cowboys de leyenda que cautiva-
rán tu corazón.

TYLER- Con sus dulces palabras, el encantador Tyler conquista-
ba a todas las mujeres que se cruzaban en su camino... hasta que
conoció a la sincera e irresistible Nell.

DIANA PALMER

Tyler

Unos texanos altos y guapos...